妻敵の槍

無茶の勘兵衛日月録15

浅黄 斑

二見時代小説文庫

妻敵《めがたき》の槍——無茶の勘兵衛日月録15

目次

『妻敵《めがたき》の槍――無茶の勘兵衛日月録15』の主な登場人物

落合勘兵衛《おちあいかんべえ》……越前大野藩江戸詰の御耳役《おみみやく》。国許から縣小太郎らを連れて江戸へ帰還。
新高八次郎《にいたかはちじろう》……勘兵衛の若党。主の勘兵衛とともに国許から江戸へ帰還。
園枝《そのえ》……勘兵衛の新妻。越前大野藩大目付の娘。
松田与左衛門《まつだよざえもん》……越前大野藩の江戸留守居役。勘兵衛の上司。
松平直明《まつだいらなおあきら》……越前大野藩主・直良《なおよし》の嫡男。次期藩主。
縣小太郎《あがたこたろう》……父の自裁で縣家を継ぐも、致仕《ちし》を申し出て、勘兵衛とともに江戸へ。
日高信義《ひだかのぶよし》……大和郡山藩本藩国家老の側用人。藩主暗殺を企む支藩の動きを追跡。
本多政長《ほんだまさなが》……大和郡山藩本藩の藩主。
本多政利《ほんだまさとし》……大和郡山藩支藩の藩主。永年、本藩の政長暗殺を狙っている。
山路亥之助《やまじいのすけ》……越前大野藩を出奔。熊鷲三太夫と変名し、政長暗殺を手伝う。
坂口喜平次《さかぐちきへいじ》……浜松藩の家臣。不義の妻を刺し、妻敵《めがたき》を討つべく江戸へ出たが……。
菱川道房《ひしかわみちふさ》……坂口喜平次の妻と情を通じた江戸の絵師。
乗庵《じようあん》……高熱で倒れた、坂口の息子喜太郎を勘兵衛が運び込んだ医師。
榎本順哲《えのもとじゆんてつ》……膳所《ぜぜ》藩御殿医の十七歳の放蕩息子。のちに俳人宝井其角として活躍。
瓜の仁助《うりのにすけ》……本庄で香具師《やし》を束ねつつ岡っ引きを務める若き親分。

越前松平家関連図（延宝５年：1677年９月時点）

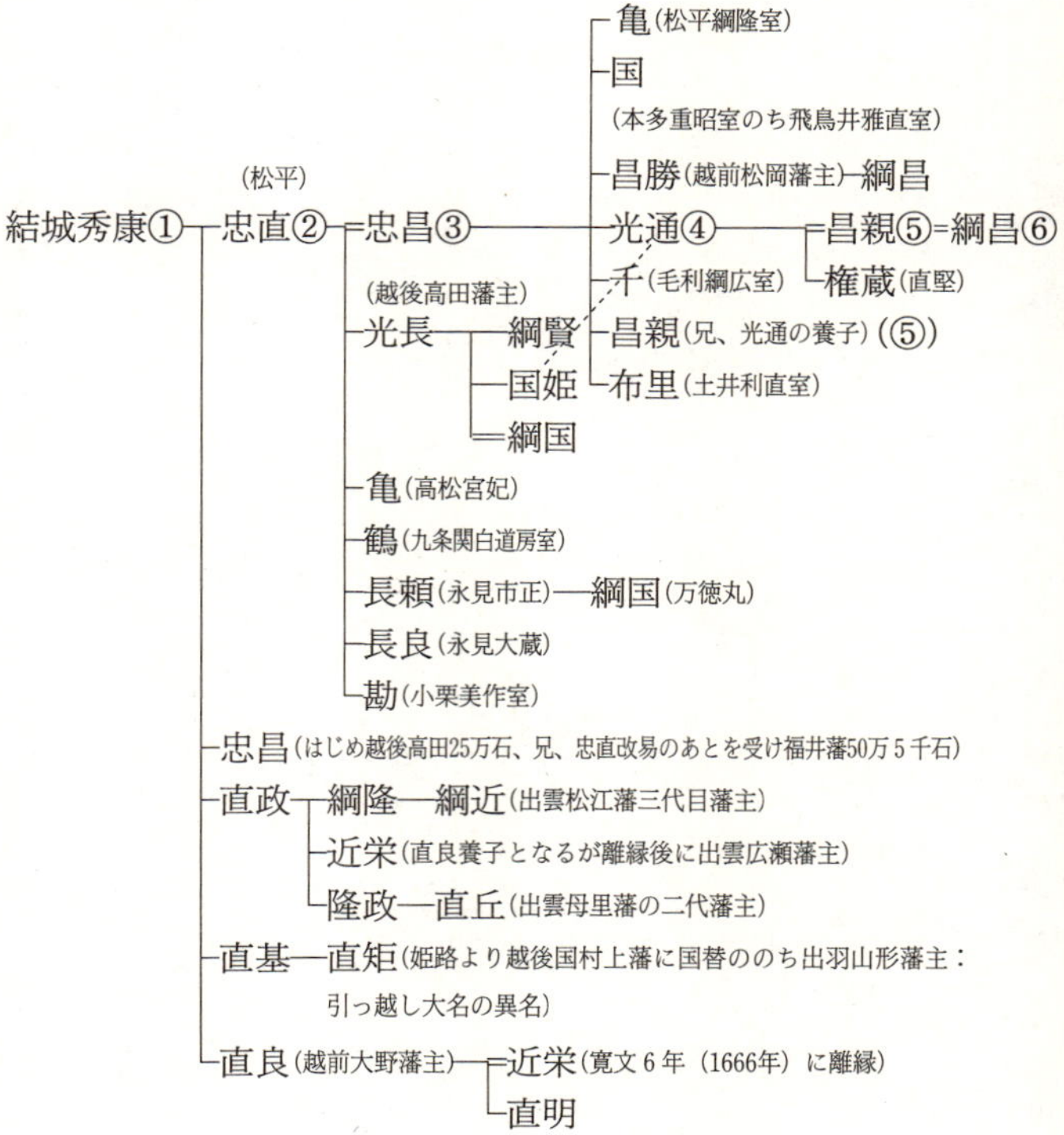

註：＝は養子関係。〇数字は越前福井藩主の順を、------は夫婦関係を示す。

露月町《ろげつちょう》裏・日蔭町《ひかげちょう》

1

越前大野藩の当主、松平直良《まつだいらなおよし》が国帰り中に病に臥《ふ》して、参府がかなわなくなったのは延宝《えんぽう》五年（一六七七）の春であった。

すでに七十四歳という高齢のこともあり、また将軍家に近い越前松平家の連枝《れんし》という家格もあって、嫡男である直明《なおあきら》に、幕府から病気見舞いのための国帰りが許されたのが、同年四月のことである。

この直明の国帰りを好機ととらえ、若君《わかぎみ》暗殺の謀略が密かに巡らされていることを、江戸で御耳役《おみみやく》を務める落合勘兵衛《おちあいかんべえ》は、事前に察知した。

そこで勘兵衛は、無茶を承知の一計を案じ、極秘のうちに若君を故郷へ送り届けたうえで、敵の殲滅《せんめつ》に成功している。

幸いにして、直良の病は数ヶ月で癒えた。

それで若君の直明は、父より一足早く江戸屋敷へ戻ることになった。同年七月十九日のことである。

その若君の帰参の行列を見送ってから、勘兵衛もまた、別経路をとって越前大野をあとにした。新妻《にいづま》の待つ江戸へと向かったのである。

同行者は勘兵衛の若党である新高八次郎《にいたかはちじろう》、そして十七歳にしてようやく、勘兵衛の父の落合孫兵衛《まごべえ》が鎧親《よろいおや》となって元服させたばかりの縣小太郎《あがたこたろう》、それに縣家の家僕である留三《とめぞう》と、男ばかりの四人連れであった。

大野を旅立って十三日目——。

仲秋の八月に入って二日目の早朝、勘兵衛一行は中山道《なかせんどう》・大宮の宿を発った。

朝の空気は清らかだが、秋とはいえ、まだ残暑はそこここに漂っていて、ぬるんだような空気が、ふと肌にまつわりつくような気候だ。

夕べも大宮の宿場町に入る手前の松林では、蝉の声が聞こえたほどである。

越前街道から加納《かのう》（岐阜）へと出て中山道を東にたどる勘兵衛一行は、北国《ほっこく》街道を経て東海道に出る旅程の若君行列より、およそ三日ばかり先行しているはずであった。

「あと七里ばかり……。日のあるうちには江戸に着こうぞ」

ともすれば、黙りがちになる縣小太郎を励ますように勘兵衛は声をかけた。

「は……」

短く答えはしたが、やはり小太郎の表情は雲にまぎれる月影のように、どこか精彩に欠けていた。

少なくとも、周囲を山山に取り囲まれた大野という山峡の城下町を一歩も出ることなく、今、生まれて初めて江戸へ向かおう、という若者の顔ではなかった。

数日の前……。

とある旅籠《はたご》の一室で、八次郎が小太郎のことをこう評した。小太郎が湯浴みに出た隙にである。

「まるで、泥の中にひそむ冬の蛙のようですね」

「ふむ……」

勘兵衛は、そう返しただけであった。

（無理もない……）

勘兵衛は、ふと憂いの表情を覗かせ、またときには煩悶《はんもん》の気配をもかいま見せる小太郎に、いたわしい気分になる。

だが、慰めのことばひとつをかけるでもなく、勘兵衛はあくまで素知らぬ態度で小太郎に接している。

（所詮は――）

小太郎自身で乗り越えるほかは、ないのであった。

小太郎の父、縣茂右衛門《もえもん》が切腹して果てたのは先月八日の未明で、それからまだひと月とはたっていない。

小太郎のわずかな身のまわりの旅装のどこかには、亡き父の真新しい位牌を忍ばせているはずだ。

小太郎の父は、越前木本《このもと》へ、そして越前勝山から越前大野へと、領主の転封に従ってきた三百石の家に生まれ、その父親は中老まで務めた名門の家であった。

それゆえ茂右衛門は、小太郎と同じ十七歳のときには、すでに御供番《おともばん》の職にあり、二十歳で御供番組頭《くみがしら》、二十七歳のときには御供番番頭《ばんがしら》と、まことに順調な昇進を果たしていたものだ。

だが、その嫡男である小太郎は、十七歳になっても元服すらできずにいた。

なぜか。

大野藩には一時期、藩を二分した世子《せし》争いがあったが、そんな政争のなか小太郎の父は、ただ一言であらわせば、酒でしくじった。

その失敗《しくじり》で政敵に足をすくわれ、さらには世子争いの闘争にも敗れたことで、職を召し放たれたうえに、三百石の家禄を半減させられた。

それで自暴自棄となった茂右衛門は以前にもまして酒に溺れ、下女に手をつけて子を生《な》しながら藩庁にも届けず、それで再びお咎《とが》めを受けた。

そして、さらに俸禄を半減させる。

三百石の家禄は、またたく間に四分の一の七十五石にまで落とされたのだ。

そのころより縣茂右衛門、家士の誰とも交わらず、ついには世捨て人のような暮らしに立ち入っていった。

しかし家禄を四分の一に減じられたとはいえ、多くの小役人の俸禄が二十俵一人扶持、つまり二十石そこそこであることを思えば、七十五石の禄は十分に生活が成り立つはずであった、

そんななか、いかなる運命のいたずらか、茂右衛門の身の上には、さらなる不幸が降りかかったのだ。

弱り目に祟《たた》り目、傷《いた》むうえに塩を塗る、などともいうが、茂右衛門の人生は、まさに坂道を転げ落ちるように奈落《ならく》へ沈み込んでいったのである。

そして、困窮はなはだしい状態にいたってしまった。

そんな茂右衛門に甘い罠が仕掛けられた。

そして茂右衛門は、自分でも気づかないうちに、若君暗殺計画の片棒をかつがされていったのである。

しかしすんでのところで、勘兵衛とその父、大野藩目付である落合孫兵衛によって真実を知らされた茂右衛門は、驚くとともに恐懼《きょうく》した。

そして——。

嫡男小太郎の元服を見届けたうえで、腹を切って自裁《じさい》したのである。

越前大野藩においては、勘兵衛ほか、ごく僅かな人物を除いては、若君暗殺計画があったことすら、さらにはそこに縣茂右衛門が絡んでいたことなども、いっさいが伏せられた。

当の若君は元より、国家老ですら、そのことを知らない。

すべては闇から闇へと葬られていったのである。

そして茂右衛門の自裁により、縣家を継いだ小太郎は、家禄を継がずに致仕《ちし》を申し出て、勘兵衛とともに江戸へ出る決意をした。

どうしても江戸へ向かわなければならない事情と、目的があった。

小太郎の面貌に、ときおり浮かぶ煩悶の影は、その目的とも無関係ではないだろう。

（さて……）

小太郎に無事に目的を果たさせるには、どうすべきか――。

そして、その後のことは……。

勘兵衛もまた、旅のすがらに、あれこれ考えをめぐらせてもいる。

（だが、これはかりは江戸に着いてみなければ、どうにもならぬ）

そうも思っていた。

大宮の宿場を出てすぐのところに〈武蔵国《むさしのくに》一宮《いちのみや》〉の石碑と石の大鳥居がある。

松並木の参道が長く長く続く氷川《ひかわ》大明神への入口であった。

暦のうえでは、二日後が二百十日にあたっているが、このところは、これといった悪天候の兆しはない。

きのうはあいにくの曇天であったが、打ってかわってきょうは、雲ひとつない晴れやかな日和《ひより》であった。

朝方にもかかわらず、土地の人、また旅籠を出てすぐの旅人たちが、参道のほうに入っていくのを横目で見ながら、八次郎が言う。

「ここを何度か通りましたが、いまだ参詣の機会に恵まれませぬ」

「おや、おまえにそのような信仰心があったとは、ついぞ知らなかったぞ」

勘兵衛は、からかうように答えた。

ともすれば沈みがちになる道中を、少しでも盛り立てようとしてか、八次郎が思いつきのようにあれこれ口にするのを受けて、勘兵衛も適当に合わせている。

「いや、まあ、江戸にも氷川神社を名乗るところは十《とう》やそこらではききませぬから、別段珍しくもございませんが、氷川神社とくると主祭の神は素戔嗚尊《すさのおのみこと》でございますからなあ」

「だから、どうだというんだ」

「いや、まあ、どうということもございません。物見遊山《ゆさん》の旅ではなし、ちょいと言ってみたまでのことでございますよ」

と話しているうちにも石の鳥居は背後に消えて、八次郎は肩をすくめた。

八次郎、あれこれそれと話題を口にするのだが、勘兵衛と八次郎の少しあとをついてくる小太郎は、今度もまた二人の話題には一向に入ってはこないのである。

どうやら八次郎の努力は、またも空振りに終わったようだ。

勘兵衛主従の少しあとからくる小太郎から、数歩遅れてついてくる留三も、おそろしく無口で、少なくとも、この道中の十数日、自分のほうからは、ひとことも口をきかないのであった。

だが、その留三の胸中にも、なんと言おうか、不安、あるいは懊悩のようなものがあろうとは、勘兵衛もよく承知しているつもりである。

氷川大明神前を過ぎると、大宮原《おおみやはら》とも氷川原とも呼ばれる林野が延延と続く。ほぼ原野といってもよいだろう。

ところどころには畑地も見え、遠く百姓家も見いだされるが、街道筋にはまったくといっていいほど人家もなく、日暮れてのちは、狐狸《こり》やムジナでも出てきそうな街道風景《とこ ろ》であった。

浦和《うらわ》の宿場の手前に針ヶ谷村《はりがやむら》というところがあるが、そこまでおよそ三十数町（三キロメートル《キロメートル》以上）も、その大宮原は続く。

そんな林野の間を縫って、白白《しらじら》と上り坂に伸びる道を小半刻（三十分）ばかりも黙黙と歩いたのち勘兵衛は、

「小太郎」

振り返って呼びかけた。

ずうっと先に、街道の両脇にひときわ高く聳え立つ大榎《えのき》が認められるあたりであった。

「しばらく行くと、〈立場《たてば》茶屋〉があってな。そのあたりから富士のお山が見えるかもしれぬぞ」

「はい」

「富嶽《ふがく》でございますか」

ちらと、小太郎の声に力が入ったようだ。

「うむ。きょうはよく晴れておるから、おそらく見えるだろう」

三年前の九月、初めて江戸へ向かう勘兵衛も、そこで初めて富士の山を望んだ。きのうに通った鴻巣宿《こうのすしゆく》の西の吹上村《ふきあげむら》――。

実は晴れてさえいれば、そこからも富士の姿が見えるのであるが、あいにくときのうは曇天であった。

ともあれ生まれて初めて富士の姿を見たときの感動は、今も勘兵衛の胸に焼きついている。

さらには――。

江戸へ出て、初めて見た、あの大海原……。

はたして小太郎はどうであろうか、などとも勘兵衛は思うのだ。

〈立場茶屋〉というのは、俗にいう〈峠の茶屋〉のようなもので、峠などの難所に設けられた休息施設で、旅の必需品を売る商業施設を兼ねている。

「見えるのは富士山だけではないぞ」

「はあ」

「六国見《ろっこくけん》といってな。そこからは六つの国を眺めることができる」

「まことですか」

「まず富士の山は、駿河《するが》と甲斐《かい》の国だ」

「ははあ、ひとつで二国分ですか」

「なんというても、富士は別格だからな」

「すると、残るは……」

小太郎の顔貌《かお》に、青年らしい好奇の色が浮かんだ。

「次に信濃《しなの》の浅間山《あさまやま》、目を巡らせれば武蔵《むさし》の秩父《ちちぶ》、上野《こうずけ》の伊香保《いかほ》、下野《しもつけ》の日光山も見える」

「やあ、そこまで見えまするか。なるほど、まさしく六国見でございますな」

心なしか、小太郎の声が弾んだ。

坂を上りつめたあたりに、五軒ほどの茶屋がある。

このあたり、浦和新田とも呼ばれるところで、六国見の立場茶屋は、どれしも〈新名物焼米《やきごめ》〉の幟《のぼり》を立てていた。

旅の携行食として重宝《ちょうほう》されたその名残《なごり》が、現代にも〈焼米坂〉の地名として残る。

「あ」

早くも、遠くたおやかな稜線を見せる富士の姿に気づいたか、小太郎は小さく声を出して駆けだした。

一軒の立場茶屋が育てているらしいタチアオイがすっくと立って、鮮やかな紅色の花をいくつもつけていた。

その横から小太郎は、一心に富士の山をみつめている。

留三もまた、ぽかんと口を開けて富士を眺めていた。

「………」

勘兵衛もしばし富士を眺め、目を右に転じて噴煙を立ちのぼらせる浅間山を眺めてから、茶屋の床几《しょうぎ》にさっさと腰かけている八次郎のところに向かった。

「いやに熱心に眺めていますなあ」

笑顔を見せながら八次郎が言う。

「子供のころから見馴れているおまえには、わからぬだろうよ」

「まあ、それはそうでしょうが」

江戸では、いたるところから富士の姿を拝めるのだ。

出された茶を一口啜《すす》ったとたん、ぷっと八次郎が茶を噴き出して、噎《む》せた。

なにやら小太郎が叫んだのに、驚いたらしい。

なんと叫んだかはわからない。

両足を開き、小太郎は両の腕《かいな》を高だかと青空に突き上げていた。

（ふむ……）

いよいよ、泥のなかから這い出したのかもしれぬな、と勘兵衛は感じた。

2

浦和から板橋《いたばし》までは四里（一六キロメートル）足らず、蕨《わらび》の宿で中食《ちゅうじき》をとった勘兵衛一行は、戸田《とだ》の渡しで荒川を越えた。

「いよいよですね」

渡船を下りて、八次郎がはずんだ声をあげた。

「そうだな」

心なしか、勘兵衛の声もはずむ。

ここまでくれば、もう江戸に戻ったような気分になれた。

江戸を出たのが四月の十日だったから、ほぼ四ヶ月ぶりの帰還になる。

(園枝《そのえ》は変わりなく、達者でいような)

江戸の地で本祝言をあげてから、わずかに半年と少しで新妻と離ればなれとなった二十二歳の若者としては、瞼の裏に、その面影が愛《いと》しく浮かぶ。

街道の両側に続く畑では、百姓たちが忙しく立ち働いていた。

このあたり、大根の名産地であった。

(その種まきであろうな)

かつて少年のころ、故郷の水落町《みずおちちょう》の屋敷内に菜園を作り、弟の藤次郎《とうじろう》とともに茄《な》子《す》や大根を育てたことのある勘兵衛は、そう思った。

昼日中の太陽の下、南に向けて白じらと続く一本道の彼方に天を衝《つ》くような大榎が見える。

〈志村《しむら》の一里塚〉と呼ばれて現代にも残る、その一里塚から日本橋までは三里、その間にある江戸四宿《ししゅく》のひとつ板橋までは、もう指呼《しこ》の距離であった。

にわかに人馬を増してくる道筋で巣鴨《すがも》を過ぎ、駒込《こまごめ》を抜け、駒込追分《おいわけ》から本郷通りに入ったところで、珍しく小太郎が話しかけてきた。

菅笠《すげがさ》を高く上げて、目を丸くしている。

「こちらの御屋敷は、どなたさまのものでしょうか」

「ふむ、これか」

思わず勘兵衛は、笑みを浮かべた。

勘兵衛もまた、初めて江戸に出てきたとき、やはりその壮大さに瞠目《どうもく》したものだった。

「加賀前田《かがまえだ》家の江戸屋敷だ」

「ははあ、加賀百万石の……」

「さすがに、たいしたものだろう」

「はい」

蛇足《だそく》ながら十万坪を超える敷地に造作された前田家御殿の表御門は、この当時は、まだ朱塗りの赤門ではない。

三位《さんみ》以上の大名が、将軍家の娘を迎えるにあたって許されるのが朱塗りの門で、加賀前田家江戸上屋敷に、朱塗りの門が創建されるのは、このころより百五十年ばかり先のことである。

そのあたりから、小太郎の口数も増えてきた。

それで八次郎も、

「こちらが湯島《ゆしま》の聖堂、ほれ、左手が神田明神《かんだみようじん》というて江戸の総鎮守《ちんじゆ》、ここの祭の賑やかさといったら、もうとても口ではあらわせぬ」

などと江戸案内を買って出た。

そんな調子で筋違橋《すじかいばし》を渡ると江戸城はもう目前、江戸随一の繁華街である日本橋へ向けて、八次郎のおしゃべりは止まらない。

日本橋の上からは――。

「ほれ、小太郎さん。ここからも富士山が見えるだろう」

と、西を指した。

「ははあ、たしかに……」

手前には江戸城、その西の丸の左手に、ぽっちり富士の遠景が浮かぶ。

しかしながら、浦和新田から見えた富士の山の迫力やのびやかさには、遠く及ぶところではない。

小太郎はあえて感想を述べなかったが、八次郎のほうは、

「うむ、そうだろう、なにしろこの江戸ではな、いたるところから富士の山を拝むこ

とができるのだ」

自慢そうに言った。

そうこうするうちにも、勘兵衛一行が、愛宕下《あたごした》の越前大野藩江戸屋敷からほど近い、露月町にさしかかったのは、今しも大きく傾きはじめた太陽が、愛宕の丘にかかろうか、という頃合いであった。

勘兵衛の江戸における町宿《ちょうしゅく》（江戸屋敷外部に与えられた住居）は、この露月町の裏手、俗に日蔭町《ひかげちょう》と呼ばれるところにある。

その横道に入りかけた勘兵衛が――。

「や！」

「いかが、いたしました」

八次郎が問うてくるのに、

「いや、先の辻に人影がな……。どうも、長助爺《ちょうすけじい》のように見えたのだが」

長助というのは勘兵衛雇いの飯炊きで、まだ五十二歳でしかない。

だが勘兵衛は、ついこれまでの習慣で、爺さんと呼んでしまう。

八次郎が言った。

「ならば、旦那さまが、そろそろ江戸に着かれるはずと、迎えにでも出ていたのではないですか」

「そうかもしれぬが、それにしては、さっさと姿を消してしまったぞ」

「ははあ……」

八次郎も首をひねった。

勘兵衛が江戸に戻るにあたっては、江戸留守居役であり、上司にもあたる松田与左衛門《まつだよざえもん》に大名飛脚で知らせておいた。

だから、松田からの連絡で、おおよその帰着日は見当がついたであろう。

とは思いつつも、勘兵衛がなにやら釈然としないのは、ほかでもない。

実は前方が、なにやら騒がしい。

といっても、騒ぎが起こっているというふうでもない。

そこは大名屋敷で、勘兵衛の町宿の向かいにあたるわけだが、その表御門に、しきりと人の出入りがあって、なにやら尋常ならぬ気配なのだ。

その大名屋敷というのは、一万三千石の大和新庄《やまとしんじょう》藩上屋敷で、当主は、たしか桑山一玄《くわやまかずはる》といった。

元より、勘兵衛とは、ただのお向かいさんという以外に、なんの関わりもないところなのだが、ついつい、勘兵衛の足は速まった。

「そういえば、なにやら騒然としておりますな」

八次郎もまた、いつもはひっそり閑《かん》と静まりかえっている大名屋敷の異常さに気づいたか、緊張した声を出した。

およそ四千坪ある桑山家の屋敷角を左に曲がって、思わず勘兵衛の顔がほころんだ。ほんの半町（五〇メートル）ばかりも先の町宿の玄関先に、二つの人影が佇み、今まさに、もう一人の女人が転がり出るように道に出てくるところであった。

（園枝……！）

二つの人影は、園枝に長助爺、あとから飛び出してきたのは、園枝の付き女中の、おひさであった。

つまりは長助は、勘兵衛がいずこの方向から戻ろうと見逃さない辻で勘兵衛の帰着を見張り、それを知らせて全員で出迎えてくれたのである。

思わず胸を熱くしながら、勘兵衛は言った。

「ただいま、戻ったぞ」

「はい。ご無事の御帰着、なによりでございます」

振り仰ぐ園枝の肩を、思わず抱き寄せたい衝動を抑えながら、

「うむ。仔細があって、客人が二人おる」

縣小太郎と、留三の二人を短く引き合わせた。

「とりあえずは、お入りくださいな。おひさ、濯《すす》ぎの水をな」

園枝にうながされた小太郎は、菅笠を取り、ぱたぱたと肩や野袴《のばかま》の旅塵《りよじん》を払い落としながら、勘兵衛の町宿の佇まいを見やって、少し怪訝そうな表情になっている。

それは、そうだろう。

元は能役者が住んでいた二階屋で、右隣りが医者、左隣りが大蔵流能小鼓の家という具合なので、ちょいと風情《ふぜい》のある一画なのだ。

だから、さして狭い家ではないが、小太郎に留三という居候を入れれば、しばらくはここで七人の生活がはじまる。

「ところで……」

勘兵衛が、向かいの大名屋敷になにかあったか、と尋ねると、園枝がうなずいた。

「なんでも、御当主さまがまもなく隠居をなされて、御嫡男《おかみ》さまが、今月の二十日過ぎに代替わりをされることになりましたとか、それで、幕府のご上使をお迎えする準備に大わらわだそうでございますよ」

「なんだ。そうだったか」

杞憂、というものであったようだ。

このとき、大和新庄藩の当主の桑山一玄から家督を継いだ桑山一尹《かずただ》は三十三歳であったが、わずか八年後には勅使に不敬があり、改易される憂き目に遭うのである。

3

小太郎に留三、という番外の居候を迎えて、園枝はてきぱきと手際のよさを見せた。

「長助爺、飯炊きの支度は間に合いそうか」

「なあに、大食らいの八次郎さまのことも考え、たっぷり支度しておりますんで大丈夫でございましょう。それに残り飯もありますから、なんとか間に合いましょう」

「そうかえ。菜《さい》のほうはどうじゃ」

「ご心配には及びませぬ。そちらも、たっぷり……」

と、これは、おひさが請け負った。

奥土間の台所で、それだけを確かめると園枝は、夫婦が居間として使っている八畳の二の間に戻り、

「これ、八次郎どの」

とりあえず茶菓として出した、大福餅を口いっぱいに頬張っている八次郎に呼びか

けた。

「あ、ふぁい」

口を押さえて、目を剝いた。

「そなた、そちらの縣さまに留三さんを、町湯にご案内して、さっぱりしてきてもらってはどうじゃ」

「は……、あ……、それもそうですな」

「それがよい、八次郎、そうしてやってくれ」

勘兵衛も賛成した。

隣り町の柴井町のはずれに湯屋《ゆうや》があって、勘兵衛もときおりは利用している。

この町宿には、小なりとはいえ内湯もあったが、とてもそれでは追っつかない。

やがて湯の支度をした八次郎が、小太郎と留三を連れて町宿を出た。

「厄介をかけて、すまぬな」

勘兵衛が園枝に言うと、

「なにをおっしゃいます。あ……」

ようやく座敷に二人きりになった勘兵衛は、右手で園枝の肩をすくうように抱き取った。

「息災で、なによりであった」

「わたしこそ……、旦那さまのご無事を、一日千秋《いちじつせんしゅう》の思いで、お待ちしておりました」

柔らかな半身を、勘兵衛に預けて園枝が言う。

ふいに、開け放たれていた庭に茜色《あかねいろ》が落ちてきた。

日蔭町とはいいながら、空に染まった夕刻の色が落ちてきたのだ。

奥のほうから、物音が聞こえて、園枝はそっと身を起こした。

「今宵の夕食は、どのようにいたしましょうか」

空の色に映えたのやら、血が昇ったのやら、ぽっと朱のさした顔で園枝が言う。

「そうだな。明日からは別としても、きょうは特別に、客人二人に八次郎も加え、この座敷で、ということにしようか」

「かしこまりました。で、明日からは、どういたしましょう」

「まずは、部屋割りだな、縣小太郎は玄関脇の控えの間で八次郎とともに、留三のほうは二階の長助の部屋で、ということでどうだろう」

「二階の六畳の間が空いてございます。お二人が主従ということならば、同室のほうが、気が休まるのではございませぬか」

「それも、そうだな。いや、長逗留ということにはならぬはずだ。では、そういうことで頼もうか」

「わかりました。ところで旦那さま、松田さまに帰参のご挨拶はよいのでございますか」

「急ぐほどのことは、あるまい。それは、まあ、明日のこととして、今宵はのんびりしよう」

なにしろ松田には、ちょいちょいと終わらせるわけにはいかない、報告やら相談事が目白押しなのであった。

「ということでございましたら、旦那さまもお湯をお遣いくださいませ。すでに湯も沸いてございますゆえ、ゆっくり旅の疲れを落としてくださいませ」

すでに内湯は、整えられていたらしい。

内湯といっても、五右衛門風呂だ。

湯に浮いている、木製の蓋を沈めて湯に入る。洗い場も、さほどに広くはない。

この風呂に関してだけは、以前の猿屋町《さるやちょう》の町宿のほうが、はるかに立派であった。

だが、武家の妻女でもあり、江戸の町湯など覗いたこともない園枝のためには、重宝《ちょうほう》している。

宿場宿場で湯には入っていたものの、自宅の、それも一人きりで湯に浸かっていると、心底から疲れが溶け出していくようであった。

「湯の加減は、いかがで。熱くはござんせんか」

外から長助の声がかかる。

「うむ。ちょうどよい塩梅《あんばい》だ。飯炊きばかりか、風呂の湯加減まで腕を上げたようだな」

「おや、久しぶりのご冗談が聞けて、嬉しゅうござんすよ」

「それにしても、なんだ。爺さん、あの辻で、いつから、どのくらい、俺が戻ってくるのを待っていたんだ」

その苦労が嬉しかった。

「なんの。ほんの、昨日《きんの》あたりからでござんすよ。なんということはござんせん」

この長助、以前は、江戸留守居役の松田与左衛門の飯炊きであった。

それを、勘兵衛が猿屋町に町宿を与えられる際に譲られたのである。

また松田の用人をしている新高陣八《じんぱち》の次男である八次郎を若党につけてもくれたし、勘兵衛が園枝を娶るについては、その仲人を買って出てくれると同時に、ここ露月町裏の町宿を準備してくれたのも、また松田であったのだ。

（さてと……）

縣小太郎の実際の事情については、秘中の秘であるからして、たとえ妻といえど話せない。

だが、しばらくの間にせよ厄介をかける以上、ある程度のことは話しておかねばならない。

（どこから、どこまでを……）

話せばよいものか、と勘兵衛は次に考えはじめた。

4

その日も更《ふ》けて——。

江戸ではまだ蚊が出るそうで、寝屋には蚊帳《かや》が吊られていた。

「なあ、園枝……」

夫婦のひそやかな営みのあと、勘兵衛は小さく呼びかけた。

「なんで、ございましょうか」

襦袢《じばん》の襟を合わせながら、園枝が恥じらうような声で応えた。

「ほかでもない。縣小太郎のことだ」

「あ、はい」

「縣という名に、そなた心覚えがあるか」

「いえ」

園枝は小さく首を振ったようだ。

「そうか……」

それは、そうだろうな、と思う。

小太郎の父、縣茂右衛門が醜態をさらして、御供番番頭の職を解かれて禄を半減させたのは、十五年もの昔――。

勘兵衛が七歳のときである。

そのとき園枝は、まだ四歳……知らぬで当然であったろう。

「では、以前の国家老であった乙部《おとべ》さまのことなら知っていよう」

「もちろんです。近栄《ちかよし》さまと出雲《いずも》に去られました」

主君の松平直良は、嫡男を喪ったのち男児に恵まれなかった。

そこで、当時の国家老であった乙部勘左衛門《かんざえもん》が奔走して、直良の兄にあたる出雲松《まっ》江藩《え》・松平直政《なおまさ》の次男であった近栄を、婿養子に迎えた。

ところが、その直後に直良が男児を得た。

そのため婿養子となった近栄は、なかなか世子と定められないまま、いたずらに年月ばかりが過ぎていった。

そんな状態が、なんと足かけ十三年にも及んだのである。

その間、越前大野においては、次期の藩主の座を巡って、藩を二分する政治闘争が繰り広げられた。

一方は、ご実子こそが正嫡と主張する面面……。

もちろん、国家老の乙部らは近栄派であった。

そのため、現在は直明《なおあきら》を名乗る直良の実子が十二歳になり、ようやく世子と定められたとき、近栄は直良との養子縁組を解いて、出雲へと戻っていった。

実家の出雲松江藩から二万石を分割されて、新たに出雲広瀬《ひろせ》藩を建てたのである。

そのとき、近栄派の領袖であった乙部家老を筆頭に、おおかたの近栄派は近栄に従い、出雲の地へと移っていった。

勘兵衛は言った。

「実は、小太郎の母御は、あの乙部家老のご息女であったのだ」

「えっ」

さすがに園枝は、驚きの声をあげた。

「小太郎の父は、その昔、中老まで務められた縣家の嫡男でな。三百石の名家であった。それで、早くから出世をして御供番番頭まで上っておった。もちろん、近栄さまのお味方の中心人物だ。ところが、若君の御母堂の葬儀の前夜に不始末を起こして政敵に足をすくわれた。それで、閉門のうえ役務を解任されるやいなや、小太郎の母御は、さっさと小太郎をも捨てて、実家に戻ってしまった」

「離縁でございますか」

「そう。否も応もなかったようだ。それが、まだ小太郎が二歳のときだったという」

「まあ……」

絶句している。

「その後も、小太郎の家は不幸続きでなあ」

「そうだったのですか」

「うむ。実は、それには多少……、いや、俺にも責任はあるのだ」

「勘兵衛さま……、いえ、旦那さまにですか」

園枝が不審な声になった。

「禍福は、あざなえる縄のごとし、というやつだよ。ほれ、昨年の夏、俺が帰郷した折のことだ」

「はい。わたしとの仮祝言のために……」

園枝の声が、甘やかになった。

「そう、そう。そのとき、はからずも俺は、郡奉行《こおりぶぎょう》の不正に気づいたであろう」

「はい、はい。そうでございましたなあ。もう、あのときは大騒ぎでした」

わずかに一年と少し前のことだから、記憶に新しい。

越前大野藩には丹生《にゅう》郡に、西潟《にしがた》十三ヶ村と呼ばれる飛び地があって、およそ五千石ほどの実入りがある。

遠隔の地であるのを利用して、郡奉行と西潟陣屋の代官が結託して、かなり以前から不正がおこなわれていたようだ。

園枝の父は、藩の大目付であり、勘兵衛の父もまた目付職にあった。

そこで勘兵衛は、目付衆の協力を取りつけ、不正行為の証拠をつかんだ。

結果、郡奉行であった権田内膳《ごんだないぜん》を筆頭に、関係者の多くが処刑されたり、召し放ちになっている。

「さあ、そこのところだ。実は、あの権田内膳のご妻女というのが、千佐登《ちさと》さまというて、小太郎の叔母にあたる」

「まあ。つまり、小太郎どのの御父上の……」

「うん。妹というわけだ」

「あら、すると……」

　園枝は、しばらく考えたのちに言った。

「たしか、権田さまのところには、小里《こさと》さまといわれるお方がいらっしゃいましたが」

「知っておるか」

「はい。わたしより二つ歳上、お琴のお稽古で、ご一緒いたしておりました。優しいお方で、よく可愛がってくださいました」

「そうだったか。うむ、その小里というのが、権田どののご息女で、小太郎にとっては従姉《いとこ》にあたる」

「そうなのですか。あ、小里さまなら、三、四年前に、御養子縁組が整われ、男のお子様に恵まれたと聞きましたが……。あ、そうそう。あの不正事件で、権田さまも、小里さまの旦那さまも、おそらく死罪は免れぬであろう、とまでは耳に入ってまいりましたが、小里さまたちは、どうなったのでございましょう」

　園枝は、勘兵衛と昨年の七月に故郷で仮祝言をあげたあと、あわただしく嫁入り支度を整えて、故郷が雪に閉ざされないうちにと、勘兵衛を追うように江戸に出てきた。

そしてこの江戸で、本祝言をあげたのが九月も末のことであった。

それゆえ、その後のことは、なにも知らないようだった。

「幸いに、女、子供まで罪に問うことはない、という判断でな。千佐登と小里の母娘、それに小里の子の千徳丸《せんとくまる》の三人は、縁戚のゆえをもって縣家に、預けの身となった」

「そうですか。それは、なによりでございました」

「ふむ、それは、そうなのだが……な」

「………」

「先にも言うたが、小太郎の父親である茂右衛門は、三百石の禄を半分に減らし、自《や》棄《け》も起《な》こしてますます酒に溺れ、どころか、下働きの女に手をつけて、一男一女の子まで生した」

「あれ。すると、小太郎さまには、御母堂のちがう弟や妹さまがいらっしゃる?」

「そうなのだ。おまけに茂右衛門は、生まれた子供を藩庁にも届けず、それで所業不届きということになって、さらに禄を半分に減らされて七十五石の家にまで落とされてしまった。しかも働かず、酒ばかりを食らって、という、自堕落といおうか、まるで世捨て人のような生活を送っていた」

「まあ」

吐息のように、園枝は嘆息を漏らした。

「そんな具合だから、当然のことに生活は苦しくなる一方だ。ところで、茂右衛門が手をつけた下女は、おきぬというのだが、まあ、いわばこの女が茂右衛門の妻女も同然の存在で、働こうとせぬ亭主にかわり、きりきり働いて家を守ろうとするのだが、とっても追っつくものではない」

「ご亭主が、そんなに自堕落では、そうでございましょうなあ」

園枝が、ほっと溜め息を吐いた。

「そこで、おきぬの兄が助っ人《すけと》としてやってきて、どうにか生活の切り盛りをはじめた。それが、あの留三だ」

「まあ、よほどに妹思いのお方なんですね」

「そうだなあ。世間的には下男という扱いだが、実のところ小太郎にとっては、おきぬが母がわり、留三は叔父というほうが近かろう。それで借財をしながらも、おきぬや留三も入れて一家六人、なんとかかんとか暮らしは立っておったのだ。ところが、そんなところに……」

さて、ここからはことばを選ばねばならぬ、と勘兵衛は注意しながら続けた。

5

「権田の家の事件で、千佐登と小里の母娘に小里の子、を預かることになって、縣の家は一気に生活が破綻《はたん》した」

「一家六人が、一挙に九人に増えたんですものねえ」

「そういうことだ。だから……な。俺にも責任がある、というのは、そこのところなのだ」

「おっしゃりたいことはわかりますが、そこまで気に病まれることも、ないと思いますけれど……」

「それは、そうなのだがなあ。ところで、実は小太郎の父は、もはや、このままにては、いずれ一家が餓死するのを待つ以外はない、とまで思いつめてな。それならいっそ一家で故郷を捨てて、江戸にでも出て、新天地を開こう、と決断したようだ」

「ははあ、それはそうでございましょうねぇ。なりふり構わず働こうにも、国の禄を食《は》む身としては、選ぶ内職にもかぎりがございましょう。ましてや元は三百石の名家ともなれば、人の目も憚《はばか》られましょう。その点、この江戸なら、寺子屋を開くなり、なんなりと、一家で力を合わせさえすれば、どうにか生活は立ちましょう。なにもかも、さっぱり捨てて……と考えられるのも、無理はございません」

江戸に暮らして、まだ一年足らずの園枝だが、この江戸の町の世間の、見るべきところはきちんと見ていたようだ、と勘兵衛は思った。

「まあ、そういうことなんだがなあ……」

「なにか、不都合でもございましたか」

「ふむ、一家で国を出る、という決断まではよかったのだが、やり方をまちがえた。きちんと藩庁に致仕を申し出て、という手順を怠った」

「と、いいますと……」

「ふむ。どうやら、罪人の妻女や子を預かる身としては、致仕など許されないと勝手に考えたのであろうか、茂右衛門は、一家で脱藩を企てたのだ」

「まあ。なんということを……」

「国を出奔《しゅっぽん》するにしても、一家の九人が揃って、ということになるとあまりに目立つ。そこで茂右衛門は、小太郎と留三を残し、残る六人を二手に分けて、一足先に江戸へと送り出してしまったのだ」

「あらあ……」

園枝から、またも嘆息が漏れた。

「幸い、というてはなんだが、実はそのことに真っ先に気づいたのは、この俺でな。というのも、あの小太郎とは後寺町《うしろてらまち》の道場で同門であった」

「夕雲流《せきうん》の坂巻《さかまき》道場でございますね」

「そうだ。それも我が父が、思わぬ讒訴《ざんそ》で罪を問われ、家禄を半減させられ、城下はずれに屋敷も移されて、いちばんつらかった時代に小太郎に会ったのだ」

「はい。あのときは、わたしも胸がつぶれそうでございました」

「ふむ……」

思わず勘兵衛も、感慨に沈む。

園枝は勘兵衛の初恋の女《ひと》であった。

そして、かなわぬ恋と、自らの想いを固く封印した時代があった。

あのとき、今ここに、二人が夫婦としてともに暮らす日がこようなどと、誰が想像したであろうか。

しばしの沈黙ののち、勘兵衛は続けた。

「小太郎は、俺より五つ歳下で、ことばを交わすことさえなかったのだが、ふと小太郎もまた我が家と同じく、御役召し上げのうえに家禄を減じた家の子だと知って、とても人ごととも思えずにな……」

「……………」

「同じ境遇と知って、それから剣の稽古の相手になるようになったのだが、我が家には運が巡ってきて、いつしか小太郎のことなど、忘れておったのだが……」

　このたびの国帰りで坂巻道場に顔を出した折に再会したのだが、その小太郎、十七歳にもなって、まだ元服さえしておらなかった。

「そのことが気になってな。それで、少しばかり家の事情を探ったところ、一家で逐《ちく》電《でん》の計画を知った次第だ。いや、そのときはもう、小太郎父子と留三以外は、とうに国を出てしまったあとであったのだが……」

（いや、どうも……）

　と、勘兵衛は思う。

　事実とすり替えて作る話は、むずかしい。

「小太郎の家の不幸は、親父どのの責任ではあるが、最後の止《とど》めは、郡奉行、権田内膳の不正を暴いた俺にも責任がありそうだ。そう思って、なにか良い手はなかろうか、と父に相談をかけてみた」

「さようでございましたか」

「父だけではない。そなたの父御のお手も煩《わずら》わせてな。まずは、縣茂右衛門が隠居を申し出て、縣家を小太郎が継ぐ。そのうえで致仕を申し出て、一家が国を出る、という体裁《ていさい》を整えてはどうか、という次第にあいなったのだ」

「さようでございましたか」

「うむ、だが、とりあえずは小太郎を元服させねばならぬ。それで、我が父が鎧親となって、まず小太郎を元服させた」

「それは、よいことをなされました」

「ところがの……。小太郎の父は、よほどに自分を恥じたのであろう。小太郎が無事に元服したのを見届けたのち、腹を切って果てられた」

「まあ！」

園枝は、悲痛な声をあげた。

「いずれにせよ、縣家は小太郎が相続した。だが、おきぬや腹違いの弟妹、さらには叔母や従姉や甥の六人、すでに国を捨て、この江戸で小太郎たちと待ち合わせる手筈になっておる。これを捨て置くわけにいかぬでな……」

「はあ、それで、ご一緒に江戸にこられたのですね」

「まあ、そういうわけなのだ」

「で、ご家族の落ち合う先はわかっているのですか」

「だいたいはな……。だが、あれこれあって、少しばかり、日数がたってしまった。無事に巡り合えればいいのだが……」

「ほんとうに……。どうか、わたしへの気遣いなどは無用になされてください。決して迷惑などとは思いませんから」

「ふむ。すまぬな」

再び勘兵衛は、添い寝の園枝を抱き寄せた。

どこかで、犬の遠吠えがした。

芝・鹿島神社《かしまのじんじや》

1

翌朝、勘兵衛は若党の八次郎に、縣小太郎と留三を町宿からは出さぬようにと厳命して、愛宕下の江戸屋敷へ向かった。

縣一家の江戸での落ち合い先は、神田須田町《すだちよう》にある［越後屋］という呉服問屋である。

一足先に江戸に出た小太郎の家族たちは、その後に故郷でなにが起こったかを知らない。

一家が、その［越後屋］において落ち合うはずの予定は、すでに十日ばかりも遅れている。

先着した家族たちは、いったい、どうなったのであろう、と、さぞや、心細い想いでいることだろう。

その心情を思えば、ようやく江戸に着いた小太郎たちが、一刻も早くに……、と考えるのも無理からぬところだが、そうそう迂闊に行動を起こしては、面倒なことにもなりかねない。

縣一家が大野を出奔《しゅっぽん》したのち、とりあえず江戸にて落ち合うことになった裏側には、今や宿敵ともいえる越後高田藩の思惑が、べったりと貼りついているのであった。

松田の役宅前で、芙蓉《ふよう》の花が咲き乱れて仲秋の微風に揺れていた。

（おや）

役宅の内庭には多少の樹木があり、それらがつける花が季節ごとに咲いてはいたが、元来、江戸留守居役の松田には、花を愛《め》でるという風流心には疎《うと》いところがあった。

それゆえ役宅前など素っ気《そけ》もなく、簡素を通り越して、ほとんど殺伐としたものであったのだが……。

（松田さまにどのような、心境の変化があったものやら……）

ふとおかしみなど覚えて、勘兵衛は役宅に入った。

さっそくに松田用人の新高陣八が式台に顔を出し、二言、三言と立ち話をした。

「きょうは同道できませんでしたが、八次郎も、いたって達者で戻ってまいりました。いずれ近いうちに顔を見せましょう」

子息のことを伝えると、陣八は小さくうなずき、

「松田さまも、そろそろ勘兵衛さまが戻られるはずだと、心待ちにしておられました。いつもの執務部屋でございます。どうぞ、お通りください」

「では、失礼をして」

勘兵衛は、廊下を奥に通った。

「おう、きたか。久しいの、というより、まことにご苦労であったな。近《ちこ》う寄れ」

いつものように文机《ふづくえ》で書き物をしていた松田与左衛門が手招いた。

「朝からきたところをみると、江戸に着いたは、きのうのうちか」

「はい。勝手ながら、昨夜は、町宿にてのんびりさせていただきました」

「よい、よい。愛妻を残しての長旅じゃったからなあ。で、どうじゃ、ううむ……。ええと……、その、なんじゃ、久方ぶりのことゆえ、果たさねばならぬお務めも、いろいろとあろうしのう」

思わず赤面しそうなことを言う。

お返しに、勘兵衛も言った。

「ところで、お役宅前が、華やかな景色に変わっておりました。松田さまも、少しは風情《ふぜい》に目覚められたようでございますな」

「ああ、あの芙蓉か。ありゃあ、そなたのご妻女が鉢植えで土産に持ってきたでな。捨てるわけにもいかず、八郎太《はちろうた》に、あそこへ植えさせたのじゃ」

「園枝が、ですか」

八郎太は八次郎の兄で、松田の若党を務めている。

「おうさ。おまえのこたびの国帰りが、尋常ならぬものだろうことは、園枝どのにも、痛いほどわかっていたのであろう。そんなおまえの近況や無事を知ろうと思えば、わしのところにくるしかないではないか。なにかと口実をもうけては、わしのところへこられた、というわけよ」

「さようでございましたか」

「いや、いや、よい御妻女じゃ。なに、おまえの国許での活躍は、そなたのお父上からも、園枝どののお父上からも、詳しい便りがあったし、一足先に江戸に戻った服部《はっとり》源次右衛門《げんじえもん》……というても、二代目を継いだ伜のほうからじゃが、詳細に聞き取っておる」

「ああ、そのことでございます」

勘兵衛は、持参した風呂敷包みから一通の書状を取り出して、

「これは、松田さまにお渡しください、と服部源次右衛門さまからお預かりした書状でございます」

後先になったようだが、その書状には、源次右衛門が隠居をして、長子の喜十《きじゅう》に家督を譲る、というようなことが記されているはずであった。

松田はその場で書状の封を切り、ふむふむと読み進めたのち、大きくうなずいた。

「いや、まことにご苦労であったなあ。さぞや苦労もあったことだろうが、万事が無事に片づいて、わしも胸を撫で下ろしておったところだ」

終始、笑みを浮かべつつ、松田は勘兵衛をねぎらった。

目付を務める勘兵衛の父や、大目付の園枝の父や、二代目服部源次右衛門を継いだ喜十からも、直接に話を聞いたとなれば、国許で起こったさまざまなことは、勘兵衛自身の口から報告をする必要もなさそうだ。

服部源次右衛門は、藩内においても、ごく少数の者にしか、その実体を知られていない隠し目付であった。

それが、今回の若君暗殺計画の阻止を最後の任務に隠居して、二代目服部源次右衛門は、長子である喜十が継いだのである。

「ところで、先代の服部さまからは、ほかに便りはございませんでしたか」

「いや」

松田は静かに首を振った。

「子飼いの斧次郎《おのじろう》とともに、越後高田へと旅立ったそうじゃな」

「はい。なんでも、越後高田のやりよう、許しがたし、というようなことを口になされておられたとか……」

「ふふ……。そうかい。いやいや、敵にまわせば、あれほどおそろしい男は、そうそうはいない。見ていろ。いずれ越後高田で、なにやら騒ぎが起こるやもしれんぞ。そういう男だ」

そういえば、以前に越前福井に潜伏したときも、服部源次右衛門は福井藩内を翻弄し、越前服部宗家の千賀地釆女盛光《ちがちうねめもりみつ》を切腹に追いやったうえ、三代藩主の座についた松平綱昌《つなまさ》を、わずか二年で、その座から引きずり下ろす遠因を作ったものだ。

おそらくは、斧次郎とともに越後高田の御城下に住み着き、藩内の情報を集め、密かに工作活動をするにちがいない……。

勘兵衛が、ぼんやり、そんなことを考えていると、松田が言う。

「昨日に入った知らせでは、直明ぎみは、今夜は小田原の本陣じゃ。あさってには、下屋敷に戻られる予定だよ」

「それは、なにより」

「うん。して、大殿のほうだが、まだ病み上がりのことゆえな。いましばらくの休養をとられて、国許に初雪がくる前に大野を出て参府の予定じゃ。ここに戻られるのは十月になろうな」

「さようでございますか」

藩主の直良公は、もはや七十四歳の高齢であった。

一方、嫡男の直明は、勘兵衛と同じ年生まれの二十二歳である。

(あの若君が、いま少し、しっかりした人物であったならば……)

父の直良にしても早くに隠居して、楽をしたいところであろうに、直明が不出来なゆえに、なかなか、その決断がつけずにいる。

(しかしながら……)

その直明に変名させて、勘兵衛は国許まで一緒に旅をしている。

(あの旅で……)

ずいぶんと直明は気儘《きまま》勝手を自制して、物事もよくわきまえるようになったと思える。

勘兵衛は、その点に、一条の光を覚えていた。

2

「ところでな」

松田が話題を変えてきた。

「おまえ、縣の倅を、この江戸に連れてきたんだろう」

「はい。便りに記したとおりでございます」

国許を旅立つにあたっては、勘兵衛の父、落合孫兵衛が鎧親となって、縣小太郎を元服させたこと、その後に小太郎の父、縣茂右衛門が腹を切って果てたこと……、などなどを記した書状を松田に送っていた。

「たしか、小太郎というたな」

「はい、十七歳にございます。それに下男の留三も一緒に連れてまいりました」

「ふうむ。すると、二人は露月町かい」

「は」

「やれやれ、園枝どのも気苦労が絶えぬのう」

「ま、ついつい、首を突っ込んでしまうのは、おまえの侠気《おとこぎ》というやつだ。まあ、美点のひとつではあるがな」

「…………」

松田が苦笑いしながら、続ける。

「小太郎には、ほかにも腹違いの弟妹がおって、その母子やら、刑死になった郡奉行の妻女やら、一族郎党がうち揃って、この江戸に出てきた、ということであったな」

「は、落ち合う先は、例の須田町の［越後屋］。当初の計画では、そこにて会遇したのちに、今は亡き縣茂右衛門が、小栗美作御預《おぐりみまさかおあずかり》与力である縣嘉一郎《かいちろう》の書状を、越後高田藩江戸屋敷に届けたうえで、一族郎党うち揃って、越後高田へ移住するという段取りになっておりました。なお、縣嘉一郎というのは、茂右衛門にとっては従兄《いとこ》にあたりますそうな」

「なるほどのう。我が藩と越後高田藩とは、同じ越前松平家の出で同根だ。両藩の家士のうちには、縁戚で繋がる者も多多おるからなあ」

うんうん、とうなずくように言う。

「は。もう、とっくの昔に連絡は途絶えておりますが、我が落合の姓を名乗る家も、いくつか越後高田には、あるようでございます」

「さも、あろうな。なにしろ、我が殿が越前大野に移封してこられるまでは、あの小栗美作めが、大野城の城代をしておったくらいじゃからのう」

小栗美作は現在、越後高田藩において権勢をふるう国家老であった。

また、御家の事情から、親戚筋でもある我が藩の次期藩主に、ゆくゆくは越後高田にとって厄介者になりそうな、永見大蔵長良《ながみだいぞうながよし》という藩主光長《みつなが》の庶弟を押し込もうと画策している。

我が若君である松平直明を廃しようという意図は、それが目的であった。

「ところで、勘兵衛、そなたからの便りのこともあって、須田町の［越後屋］については、さらに少しばかり探っておいたぞ」

「そうでございますか。以前のお便りによれば、ごく普通の呉服問屋で、越後高田藩とは御用達《ごようたし》、という縁で繋がっているだけ、とのことでございましたが……」

「うむ、やはり、それ以上でも、以下でもなさそうだ、主人は利八《りはち》というて、ごくごくまっとうな商人で、現金掛け値なしで一山当てた、本町《ほんちょう》の［越後屋］同様に、伊勢の出であるようだ。それゆえ、別段に越後高田と特別の縁があるわけではなさそうじゃ」

現金掛け値なしで売り出した［越後屋］というのは、のちに三井《みつい》財閥の元となる、あの三井高利《たかとし》の呉服店だが、このころは、江戸に店を開いてから、まだ四年目であった。

「では、国許に出店された、あの［越後屋］は、単なる名義貸し、と考えてよろしいのでしょうね」

「さよう。御用達先に頼まれて、事情もわからぬままに、断わりきれなかったのであろうよ」

実は、須田町［越後屋］の出店という名目で、大野城下に店を開いていた［越後屋］が、若君暗殺団の本拠地だったのである。

「そう考えて、よかろう」

もし、それだけの関わりでしかないならば、［越後屋］から小太郎の係累を引き取るについて、ずいぶんと楽なのだが……と勘兵衛が考えていると、松田がとんでもないことを言いだした。

「そう、そう。ついでのことじゃからと、ちょいと調べを進めておいたのじゃが、その小太郎の弟妹やら、なにやら、どうやら神田須田町の［越後屋］には、もう、おらぬようだぞ」

「えっ！」

思わず驚いた声をあげた勘兵衛に、ふあっ、ふあっ、と松田が大口を開けて笑い、

「そう、驚くでない。行き先は、ちゃんと突き止めてあるわい」

（それを先に言うべきだろう……）

相変わらず食えない爺さんだ、と思いながら勘兵衛は、

「松田さま。また少し歯が抜けてございますようで」

するとと松田は、思わず口元を手で隠すと、

「気にしておることを申すでない。入れ歯を作ろうにも、多忙が過ぎて、どうにもならずにひとが困っておるというに……。そのような性悪を申すと、行き先は教えぬぞ」

「いやいや。それほどお悩みとは知らず、つい余計なことを申しました、平《ひら》にご容赦を……」

「ふふん、冗談じゃよ。実は、［越後屋］には根岸《ねぎし》に寮があってな。揃って、そちらに移されたようじゃ」

「ははあ、根岸……、金杉村《かなすぎむら》でございますな」

金杉村のうちでも、上野台地の崖下のあたりを根岸と呼んで、風光明媚なところなので、近ごろは富裕な商人たちが、寮（別荘）を建てはじめている。

「さよう。一応、八郎太にあたらせておいたが、［越後屋］の寮は、時雨岡《しぐれのおか》不動の近くだということだ」

「あ……、御行《おぎょう》の松の……」

「ふむ」

御行の松というのは、江戸十八松のひとつに数えられる名所であり、その付近、勘兵衛にも土地鑑があった。

（あれは、二年前……）

あまり思い出したくない記憶をよみがえらせて、勘兵衛は暗澹《あんたん》とした気分になった。

そんな勘兵衛の気配を察したか、

「ところでなあ」

松田が、飄飄《ひょうひょう》とした声をあげた。

「小太郎の、イトコだの、ハトコだの、と書き送ってはもろうたが、複雑すぎて、頭が痛うなったわ。結局のところ、小太郎と下男の……ええと」

「留三でございますか」

「うむ、留三か。それ以外に、いったい、何人が江戸に出てきたのじゃ」

「はあ、されば……」

「待て、待て。一応は書き留めておこう」

松田は、巻紙を持ち、筆を執《と》った。

「まずは、縣茂右衛門どのの下女であり、のちには妻女同然となった、おきぬでございます」

「ふむ。おきぬ、と……。年齢はわかるか」

「たしか、三十二歳でございます。留三というのは、このおきぬの実兄で、三十五歳」

「なるほど、三十五歳……と」

松田の筆の動きが止まると、勘兵衛は続ける。

「おきぬの子、小太郎の腹違いの弟妹でございますが、まずは余介《よすけ》」

「字は？」

「余るに介抱《かいほう》の介、これが十一歳」

「ふむふむ」

「いま一人は女児にて片仮名でトドメ、歳《とし》は九歳」

「余介にトドメか、なんともいいかげんな名をつけたものよのう」

慨嘆するように、松田が言う。

勘兵衛も、そう思う。

生まれてきてしまったのでは仕方がない、という気持ちがありありで、一片の愛情も感じられない名づけ方であった。

「次は、昨年の米不正で罪を得ました郡奉行、権田内膳の家の者たちです。内膳のご妻女というのが、縣茂右衛門の妹で……」

「ふむ。小太郎の叔母にあたるわけだ」

「はい。年齢は四十二歳で、名は千佐登……」

以下、勘兵衛は、千佐登の娘で二十一歳になる小里、そして小里の長男で三歳になる千徳丸、と松田に伝えた。

「ううむ……」

書き上げた巻紙を、水盤で濡らした指でふやけさせて千切り、

「おい、勘兵衛、ぜんぶで八人じゃぞ」

「はあ」

「はあ、ではない。どうするつもりじゃ。言うておくが、この屋敷では預かれぬぞ。大っぴらになってはおらぬとはいえ、いずれも国にて罪を得たものの家族じゃからなあ」

「それは、わかっております」

「ほんとうに、わかっておるのか。おまえの町宿でも、預かりきれぬ人数じゃぞ」

「そのことは、わたしも考えてまいりました。とりあえずは、葭町《よしちょう》の政次郎《まさじろう》にでも頼もうかと考えております」

「政次郎……に、なあ」

なぜか、松田は、にたりと笑った。

「いけませぬか」

「いや、そんなことは言うてはおらんよ」

また、にたりと笑う。

（はて……？）

政次郎は、葭町で［千束屋《ちづかや》］という割元《わりもと》を営んでいた。

この割元というのは、いわば口入れ屋の古い形態で、中間《ちゅうげん》奉公の仲介やら、大名や旗本の手伝い普請の人足の斡旋が主な生業《なりわい》であった。

どちらかといえば俠客《きょうかく》に近く、人宿という長屋施設を有して、〈寄子《よりこ》〉と呼ばれる子分の衣食住の面倒を見る〈寄親〉という存在が、［千束屋］政次郎なのである。

「で、それからは……？　その後のことは、どうするつもりじゃ」

「はあ。いずれは、それぞれの身が立つように、できるかぎりの手助けはいたす所存です」

「そう、簡単にいくかのう」

松田は疑わしげな声を出した。

「ええと……。これは、まだ、松田さまには、ご報告をしておらぬことなのですが……」

「ほう、口ごもったな。なんじゃ。なにを隠しておる」

「いえ、決して隠すつもりなど……。実は、小太郎の亡父は、一族を国許から出奔させるにあたり、二百五十両の金子《きんす》を準備しておりました」

「なに、二百五十両……とな。そいつは……ははん。そりゃあ、国許の［越後屋］から出た金だな」

「そのとおりです」

「金子に、越後高田での仕官話か。いやあ、貧すれば鈍する、とは、このことじゃ。あの縣茂右衛門ほどの男が、すっかり乗せられてしもうたか。いや、哀れな話じゃなぁ」

「松田さまは、縣茂右衛門のことをご存じでございましたか」

「おうさ。知らいでか。昔は、なかなかの若武者ぶりであったわ。あの乙部家老の馬鹿娘を嫁にとったのが、そもそものつまずきのはじまりじゃ。そのせいで近栄派の旗振り役となって、わしにとっては、まことに煙たい存在であったわ」

「ああ、なるほど……」

「おまえは、まだ幼少のころで知らぬだろうが、縣茂右衛門の小さな失策を捉えて大騒ぎにして、その足元をすくうたのは、当時の大目付で、今は国家老になっておる御仁だよ」

「え、斉藤《さいとう》家老でございますか」

「そうじゃ」

（そうか……）

そう聞けば、勘兵衛にも腑に落ちるところがある。

若君暗殺計画、という大事を、松田も、舅《しゅうと》の塩川益右衛門《しおかわますえもん》も、そして勘兵衛の父も、国家老の目からはひた隠しにして行動した理由だ。

一連の我が藩に向かう陰謀の一端には、今をときめく幕府大老の酒井雅楽頭忠清《さかいうたのかみただきよ》の影がちらつく。

松田は、そんな陰謀を国家老である斉藤利正《としまさ》にも、江戸家老である間宮定良《まみやさだよし》にも、決して耳に入れてはならぬ、と勘兵衛に念押ししたことがある。

——両名とも、御大老のご意向であらば、とたちまちおそれいって、直明さまを廃嫡にしてでも、越後高田から次代の藩主を戴こう、と言い出しかねん輩《やから》だからのう。

というのが、その理由であった。

「まあ、そのことはよい。なるほど二百五十両もの資金があれば、そりゃあ、身の振り方くらいはつくであろうな」

松田も納得をしたようだ。

路銀で多少は減っただろうが、それだけあれば、裏店《うらだな》とはいわず、表店のひとつやふたつくらいは買うこともできる、
それに働き盛りの留三や、働き者らしいおきぬもいる。

武家の出である権田千佐登に小里の母子は、十分な教養があるから、寺子屋を開くことも、得意の分野で弟子をとって行儀作法を教えることもできるだろう。

「ま、いずれにいたしましても、しばらくは時を置いて様子見し、越後高田の手が動かぬ、と見極めたうえでのことと思っております」

「そうか。ま、小太郎以外は、それですもうがのう。それとも小太郎は、藩庁に致仕を申し出たわけだが、両刀を捨てる覚悟はできておるのかな」

「はあ、そのことでご相談がございます」

「うん？」

「もし、お許しいただければの話で、身の程知らずとも思いますが、もう一人若党を抱えてみようかと……」

皆まで言わないうちに、松田の激しい声が飛んできた。

「ならぬ。勘兵衛、それはならぬぞ」

「いけませぬか」

表沙汰とはならなかったが、罪人の子にはちがいない。

それとも、すでに勘兵衛には八次郎という若党がいる。

だが勘兵衛は、落合家を相続して百石という家禄だから、若党が二人いて、身分不相応、というわけでもない。

松田の反対理由を考えている勘兵衛に向かって、松田はおもむろに口を開いた。

「よいか。勘兵衛。そなたは百石の禄、そしてそなたの父御は、隠居後に、再度のお務めで目付に推《お》されて新たに百石を下し置かれた。つまり、おまえの落合家は二百石の家柄ということになる」

「はい」

「じゃが、元はといえば、七十石からの成り上がり者じゃ。一方、小太郎の縣家は、父御の代で七十五石まで家禄を減じた、落ちぶれた果てだ。しかし、元は三百石の家格であったことを忘れてはならぬ。ましてや小太郎の母は、元は国家老の娘だ。そういった縣家の総領を、おまえの若党などにしてよいものか。どうじゃ」

「は」

思わず勘兵衛は、畳に両手をついた。

そんなことは、まるで考えもしなかった。

だが、言われてみれば、そのとおりである。

当の小太郎にしても、勘兵衛に若党になれと言われれば、おそらく複雑な心境になったかもしれない。

(慢心であったか……)

勘兵衛は、おのれを恥じながら言った。

「面目もございません。考えちがいをしておりました」

深ぶかと、松田に頭を下げた。

「わかればよい。なに、すべては落ち着いたのちのことじゃ。それから小太郎の存念も聞いて、進む道は本人に選ばせればよい。浪人となるもよし。仕官が望みであれば、わしも、それなりの手を尽くそう」

「よろしく、お願いを申し上げます」

勘兵衛は、さらに頭《こうべ》を低くした。

3

「これ、もう頭を上げろ。おまえが四ヶ月近くも留守をしている間に、この江戸にても、いろいろとあってのう。まずは、そのことをおまえの耳に入れねばならぬ」

「は」

勘兵衛は頭を上げた。

「さて、なにから話そうかのう。そうじゃ、まずは、先ほど話に出た、葭町の政次郎のことじゃ」

「なにごとか、ございましたか」

「ございましたとも。実は政次郎、[千束屋]を子分の五郎《ごろう》だとかに譲って、隠居をしたぞ」

「え、それは、また……、急なことでございますな」

正直なところ、勘兵衛は驚いた。

［千束屋］の政次郎は四十代後半、脂の乗りきった剛胆な男で、隠居をするにはまだ早すぎる。

また、松田の話に出た五郎というのは、［へっついの五郎］と呼ばれる剽軽《ひょうきん》な男で、なるほど俊敏なところはあるが、割元のかしらとしては、いささか貫禄不足なところがあった。

なにしろ［千束屋］は、同業のうちでも群を抜いた規模で、人宿には常時、百人近い寄子たちが養われている。

（なにが、あったか……）

政次郎は早くに女房を亡くし、一人娘のおしずが店の切り盛りを指揮していたが、つい先年に家を出た。

それで政次郎は、囲っていた妾を女房に迎えた、というようなことを聞いてはいたが、そのことと関係があるのだろうか。

そんなことを考えていると、

「実は、四月も終わりに近いころ、政次郎がわしを訪ねてきた」

「さようですか」

勘兵衛が、国許に帰り着いたころである。

「おしずという娘がいるだろう」

「はい」

「権蔵《ごんぞう》の屋敷に、奥女中に上がっておるらしいな」

「はい」

松田が、権蔵と呼び捨てにするのは、実は先々代の越前福井藩主であった、松平光《みつ》通《みち》の隠し子であった。

いろんな事情が絡んで権蔵は、故郷を出奔し、大叔父である我が主君を頼ってきて、この愛宕下の江戸屋敷に長らく匿われていたことがある。

その権蔵の出奔で面目を失った光通は、短慮にも、腹違いの弟であった松平昌親《まさちか》を後継者にと遺言して、自死して果てた。

それで越前福井藩では、昌親が五代目の藩主の座に就いたが、本来ならば、実子の権蔵が正統な相続人であるはずだった。

それで、越前福井藩では、すったもんだが起こり、権蔵こそが正嫡と信ずる家士たちが、続ぞくと脱藩をして、この江戸に出てきた。

結局のところ、権蔵は越前福井の当主とはなれなかったが、松田や勘兵衛の後押しもあって、越前松平家の一員と幕府に認められて将軍家綱《いえつな》にも拝謁した。

そして備中守《びっちゅうのかみ》に任ぜられ、名も松平直堅《なおかた》と改める。

しかしながら、幕府より下し置かれた俸禄は、わずかに捨て扶持、五百俵。

越前福井四十五万石を思えば、砂粒にも等しい。

そのうえ屋敷の拝領もなかったから、越前松平家の一員とは名ばかりの、極度な貧乏所帯であった。

そのころ、越前福井を脱して直堅のもとに参じた家臣は五十人ばかりもいた。

とても家臣たちを養える禄ではない。

それでも、家臣たちは歯を食いしばり、西久保神谷町《にしくぼかみやちょう》に借り屋敷して、新家を建てている。

そして、それぞれが内職しながら家を支えて半年あまり……、ようやく幕府からは合力米五千俵が下されることになり、どうにか大身旗本並《たいしんはたもとなみ》には扱われるようになった。

こうなると、それなりの体裁も整えなければならず、奥向きを仕切る御女中にと、白羽の矢が立ったのが、政次郎の娘のおしずである。二年前のことだ。

そのころ、おしずは十七歳ながら、百人からいる寄子の荒くれ男どもを、ちゃきちゃきと取り仕切っていたしっかり者であったから、松平直堅の屋敷においても、たちまちのうちに女中頭のような存在になっている。

「その、おしずが懐妊したらしいのだ」

「は?」

ひょいと松田が言ったのに、勘兵衛は我ながら、ふぬけた声になった。

「かいにん……。ははあ、子ができたと」

「ふむ」

言って、松田が、またにやりと笑う。

(そうか)

この三月、勘兵衛は西久保の直堅の屋敷を訪ねている。

そのとき用人役を務めている比企藤四郎《ひきとうしろう》から、おしずに直堅の手がついた、と聞かされたのを思い出した。

(そうか……)

改めてのように、あのときの比企藤四郎のことばを思い出す。

――殿をも、ぽんぽんと小気味よく叱りつけてな。わがままや贅沢を許させぬ。我らとしては、大いに助かっております。あれは、世間で言う、亭主を尻に敷く、という口でありますな。

たしか、比企藤四郎は、そのようなことを言っていた。

「つまり、直堅さまの御子を宿した、ということですか」

「ふむ。あのにきび小僧め。そういうことだけは、一人前だ」

手厳しいことを松田は言ってのけ、続けた。

「と、なれば、おしず……は、側女《そばめ》ということになるなあ」

「そういうことですね」

「腹の子が、男児とも女児ともわからぬが……のう。それに、これはまだ正式ではないが、近ぢか、権蔵の合力米を一万石に、という話も幕閣にはある」

「はい、その噂はわたしも耳にしております」

老中の稲葉《いなば》美濃守正則《みののかみまさのり》が、その後押しをしてくれている。

「そうなると、権蔵の家も、たとえ知行地がないにせよ、大名家として扱われる」

「側女にせよ、大名家の子女の御母堂の実父が、割元稼業というのはまずかろう、というわけで……」

「そういうことじゃ。それでのう。とりあえずは、おしずを武家の養女にし、自分は割元業を隠居したい、と政次郎が相談にやってきた、というわけよ」

「そういうわけですか」

直堅の屋敷に女中に上がると言いだしたのは、おしず自身だ。

血筋からいっても、直堅は、いずれ大名にまでなられるはず、と言っていたそうだから、まさにおしずの狙いどおりになったということか。

「平川武太夫《ひらかわぶだゆう》、な」

松田の手元役で、蟹のように平べったい容貌の男だ。

「あやつに因果を含めて、おしずを養女ということにした」

「え、平川さま……、いまだ独身で、お歳も……」

「三十になる」

「となると、おしずどのとは、十一しか歳がちがいませぬが」

養女とはいえ、年齢に無理がある。

「なに、体裁さえ整えば、そんなことはどうでもよいのじゃ」

（それは、そうであろうが……）

平川は、主君出府に供として江戸にきたが、その律儀さを見込まれて、松田の手元役になった。

以来、五年もの間、江戸詰になったまま、国許にも戻れずにいる。

三十にもなって、独身というのは、そのような事情もあろう。

松田が笑いながら言う。

「かわりというてはなんだが……な。平川に嫁の世話をしてやった。あやつ……、ふふ……、茹《ゆ》で蟹のように真っ赤になって喜んでおったよ」

婚礼は、この年末、夫婦二人して御長屋暮らしができるように取りはからってやった、と松田は続けた。

「お相手は、どちら様で」

「ふむ。稲葉さまのところのな。山口《やまぐち》という小納戸役《こなんどやく》の娘じゃ。稲葉家御用人どのの口利きでな」

「稲葉家御用人といいますと、あの矢木策右衛門《やぎさくえもん》さま」

「そうそう。いや、亭主に病死されての再婚じゃが、まだ二十三歳の若さじゃ。おまけに美形で、平川にはもったいないほどの良縁じゃ」

さすがに、松田は抜け目がない。

しっかり、老中のほうにも食い込んで、なおかつ部下にも恩を売っていた。

「ところで、政次郎どのの件ですが……」

話が思わぬ方向に逸《そ》れはじめたので、勘兵衛は元に戻す。

「隠居なされたということは、もう葭町《よしちょう》にはおられぬので……」

「そうよの。隠居所は小網町《こあみちょう》二丁目の貝杓子店《かいじゃくしだな》らしい。いや、実は隠居とは表向きだけのことでな。五郎とかいう者を表に立ててはいるが、しっかり裏から指図をしているようだぞ」

（そういうことか……）

それなら、納得ができる。

それにしても、きょうの松田、なにやら肝心なことを、後回しに後回しにとする話しぶりだ。

（久方ぶりに、俺と話して……）

どうやら、わざとからかって遊んでいるような……。

どうも、そのようだな、と勘兵衛は感じたが、黙っておいた。

そののち、松田が国許に残したままのご妻女である糸《いと》の暮らしぶりや、松田の実弟で、松田の生家である油問屋［松田屋］を継いだ乙左衛門《おつざえもん》の様子などを伝えて、勘兵衛は松田の役宅を辞した。

4

露月町の町宿に戻った勘兵衛は、しばし考えをめぐらせていたが、昼餉《ひるげ》を終えたのち、若党の八次郎を呼んで、なにごとかを伝えた。

「くれぐれも気をつけてな。用心に越したことはない。周囲にも十分に目を凝らすのだぞ」

「おまかせください」

八次郎は、勇んで町宿を飛び出していった。

(さて……)

「二階のほうは、どうだ」

園枝に尋ねると、

「はい。お二方とも神妙にしておいでです」

「そうか。中食《ちゅうじき》はもうすませたか」

「はい。先ほど、長助爺が膳を下げてまいりました」

「では、二人を連れて、ちと外出をしてまいる」

「どちらへ、まいられますか」

「ふむ。二人に海を見せてやろうと思うてな。やはり、芝浜《しばはま》あたりがよかろうかな」

「それは、お二方とも喜びましょう。はい。わたしも芝浜からの海が、いちばん好きでございますよ」

こぼれるような笑顔になって、園枝は答えた。

勘兵衛が二階に上がると、小太郎が手にした書物から顔を上げ、留三のほうは所在なげに窓の外を眺めていた。

「海を見にいくぞ」

そう声をかけた勘兵衛に、

「海でございますか」

小太郎は意外そうな声を出した。

「そうだ。まだ見たことはあるまい」

「話には聞いておりますが、たいそうなものだそうでございますな」

「おう、俺も初めて大海原を見たときは、思わず足がすくんだ。実は、ここから海は、つい目と鼻の先だ。さあ、でかけよう」

勘兵衛がうながし、三人で町宿を出た。

露月町の表通りに出て、道を南にとりながら、

「どうだ。なにやら、故郷とはちがう匂いはせぬか」

「はい、勘兵衛さまのお宅でも感じておりましたが、少少鼻につく、異なる香りが気になっておりました」

「ふむ。それが潮の香というやつよ。浜風が強いときには、もっと匂う」

「なるほど、海は、そんなに近《ちこ》うございますか」

勘兵衛は、左手のほうを指しながら、

「そうだ。こちら東側には将軍さまの弟ぎみであられる甲府宰相、綱重《つなしげ》さまの浜屋敷がある。そのあたりからも海は見えるが、どうせのことだから、とっておきの場所まで案内《あない》しよう」

「はい」

「で、今たどっている道筋が、京、大坂へと上《のぼ》る東海道だ」

勘兵衛は、八次郎に代わって、こちらが将軍家の菩提寺である芝の増上寺《ぞうじょうじ》、などと説明しながら南へと進んだ。

小太郎も、そして留三も、そのつど足を止めて、

「いや、江戸は広いと聞いておりましたが、想像を絶しております」

感嘆の声をあげた。

「うむ、俺も、この江戸に出てきて、足かけ五年になるが、まだまだ知らぬところが多い。その広い江戸のいずくかで、これからおまえは暮らすことになるやもしれん。その覚悟だけは、今からつけておかねばならぬぞ」

「はい。そうでございますな。今となりましては、わたしが縣家の総領でございますゆえ」

小太郎が、やや緊張した声で答えた。

旅の間じゅう、小太郎は重苦しく沈痛な表情を変えなかったが、今は見ちがえるほどに快活になっている。

(要するに……)

勘兵衛は、あの浦和新田の立場茶屋のところから富士を望みつつ、小太郎が両腕を掲げて咆吼するように叫んだ光景をよみがえらせていた。

(あのとき……)

小太郎のうちで、なにかが吹っ切れ、同時に自分は縣家の当主である、という自覚が生まれたものと思われる。

「やあ!」

浜松町から金杉通りに入るには、金杉川を金杉橋で渡る。

その橋上で、思わず立ち止まった小太郎が、小さく声をあげた。

橋手前の東側は、江戸城御坊主衆の拝領町屋敷が建ち並んでいるが、川を挟んで向かい側の金杉裏は漁師町で、その先には果てしなく広がる海がある。

金杉裏には、すでに朝の漁から戻ったらしい漁船が舫《もや》われていた。

江戸前の品川沖では、鰈《かれい》や黒鯛などが獲れる好漁場だと聞く。

留三も小太郎に並んで橋の欄干をつかみ、金杉川河口の先に広がる、明るく青青とした水の列に見とれていた。

その背に、勘兵衛は声をかけた。

「左手の蔵屋敷は、陸奥《むつ》二本松藩。右手の海鼠塀《なまこべい》は陸奥会津藩の下屋敷だ。二つが邪魔をして、視界を狭めておろう。もう少し先に、なにものにも邪魔をされない、まさに大海原を堪能できる場所があるぞ」

先をうながした。

入間川《いるまがわ》を芝橋で渡って本芝町に入る。

このあたりの海手には、網干場《あみほしば》と呼ばれる浜が続き、芝浜とも呼ばれている。

日本橋に魚市場が開かれる以前は、このあたりが雑喉場《ざこば》と呼ばれた魚市場の中心で、今も朝に夕にと魚市が立つ一画であった。

「こっちだ」

本芝四丁目の尽きるところに、六千五百坪ほどからなる、薩摩藩の町並屋敷がある。

勘兵衛は、その塀に沿って延びる小径《こみち》を左に曲がった。

町並屋敷というのは自らの資金で買い取った、いわゆる沽券地《こけんち》のことだ。

幕府からの拝領地は売買ができないのに対して、町並屋敷は売買が可能で、あるいは抱え屋敷などとも呼ぶのである。

行く手に神社が見えてきた。鹿島神社《かしまのじんじゃ》という。

勘兵衛には、お馴染みの場所であった。

石の鳥居をくぐり、六段ばかりの石段を上ると、海中から石垣を積み上げた境内がある。

すぐ左手に十一面観音を祀《まつ》る本堂があり、その先には一対の石灯籠と、一対の狛犬がある。

そこから向こうは、もう、どこまでもどこまでも広がる大海原であった。

「…………」

小太郎にしても、留三にしても、声も出ぬ。

一歩、また一歩と、海に向かって、ゆっくりゆっくりと歩を進めていった。

石垣に当たる波の音がする。

大小の船が、沖を、そして近間を行き来して、白い帆が映《は》える。

鷗《かもめ》が群れをなして、戯れるように菱垣廻船《ひがきかいせん》のあとを追っていた。

あれはアジサシであろうか、薩摩藩町並屋敷の塀に、頭だけが黒い鳥がずらりと並んで、次つぎと海中へ飛び込んでは、小魚を獲ってくる。

「…………」

ただただ無言で、海際の柵のところから大海原に首を巡らせている小太郎と留三の横で勘兵衛もしばし眺望をつきあったのちは、境内の隅に小屋掛けした水茶屋の床几で茶を喫して待った。

小半刻(三十分)とたたず、小太郎たちも茶屋にきた。

「いや、思わぬ眼福《がんぷく》を得ました。あの海が異国にまで繋がっているのですね」

小太郎が言うのに、勘兵衛は微笑だけを返し、

「まあ、二人とも座れ。おきぬどの、余介どののたちのことで話がある」

「あ、お調べくださいましたか」

「妹たちは無事でしょうか」

小太郎と留三が口ぐちに言った。

「按ずるな。様子のほどは、先ほど八次郎が探りにいった。だから、まあ、ここに座れ」

松田から仕入れた情報を、話して聞かせた。

5

「ところでな、小太郎」

やや改まって、勘兵衛はことばを押し出した。

「まだ、早すぎようが、そなたの存念を聞いておきたい」

「と、申しますと……」

小太郎が首を傾げた。

「うむ。おまえのな。行く先ざきのことだ」

「はあ」

「いずれにせよ、ご家族、それに叔母上さま、お従姉さまと再会されたのち、それぞれの今後の身の立て方を話し合うことになろうが、ほかならぬ、おまえ自身のことだ」

「はい」

「わかってはおろうが、すでに我が藩の禄を離れた身ゆえにな」

「わかっております。勘兵衛さまにも、これ以上の迷惑はかけられませぬ」

「いや、そういうことではない。我が父が烏帽子親《えぼしおや》となったからには、おまえは、もう我が弟も同然、今後も相談に乗ろうし、力も貸そう。ただ、禄を離れたおまえは、今のままでは浪人ということになる。そのあたりは、承知しておろうな」

「元より、承知しております」

「ならば、あえて言うが、今後の生活《たつき》のこともある。そのため、両刀を捨てて商人の道を歩くもよし、またほかにも道はあろう。そのあたりは、どう考えておるのだ」

「…………」

小太郎は、しばし無言を続けたが、やがて決然とした声で言った。

「元服にあたり、父より山城大掾國包《やましろだいじょうくにかね》を贈られました」

「そうで、あったな」

國包作の太刀は、伊達政宗《だてまさむね》が愛用したほどの名刀であった。

「國包の太刀は、我が縣家の誇り。あるいは一生を浪浪の身で過ごそうと、武士を捨てるつもりはございませぬ」

「そうか……」

「はい。この江戸にて剣の腕を磨き、学問も積んで、生涯を武士《もののふ》として生きる所存でございます」

「そうか。その決意ならば、微力ながらも、この勘兵衛、できるかぎりの助力は惜しまぬ」

「ご好意のほど、かたじけなく……」

心なしか、小太郎の声が震えた。

「よし、話はそれだけだ。なに、俺は御耳役という役目がら、こう見えても、江戸にては懇意にしていただいておる方がたも多い。せいぜい、後押しをさせてもらうぞ」

「ありがとうございます。勘兵衛さまのお噂は、わたしの耳にも届いております。ご老中の稲葉正則さまとも、ご懇意とお聞きしております」

小太郎が憧憬のまなざしで、勘兵衛を見た。

「稲葉さまと懇意とは、ちと大仰《おおぎよう》すぎる。少しばかりの縁があって、何度か、ことばを交わしたに過ぎん。買いかぶってもらっては困るぞ」

そう返したうえで、話題を変えた。

「あとは八次郎の報告を聞いたうえでのことだが、早ければ早いほどよいだろう。できれば明日にでも、［越後屋］の寮へ出向いて、ご一統を引き取りにまいろう」

「は。有り難き幸せに存じます」

「さて、それはそれとして、ご一統を引き取った暁には、おまえたちを入れて、みんなで八人という大所帯となる」

「とりあえずは、いずこか旅籠にでも……」

「それも考えてみたが、これからのこともある。金はできるだけ使わずに残すがよかろう」

「それは、そうでしょうが……」

「ふむ、俺に心当たりがいくつかある。これから、おまえたちの、とりあえずの仮寓を探してくるでな。とりあえずは、露月町へ戻ろうぞ」

「なにからなにまで、お世話をおかけいたしますが、どうかよろしくお願いを申し上げます」

小太郎が深く頭を下げる横で、留三も袖口で涙を拭いながら、幾度も幾度も頭を下げていた。

神田・紺屋町《こんやちょう》

1

（さて……と）

再び露月町に戻ったのち、勘兵衛は、三たび町宿を出た。

小太郎たちの預かり先として、松田には［千束屋］をあげた勘兵衛だったが、少しばかり考えを変えていた。

表向きとはいえ、政次郎は［へっついの五郎］に店をまかせて、隠居をしたという。

その理由に思いをいたすと、どこか気が咎《とが》める部分がある。

政次郎には、勘兵衛を娘のおしずと一緒にさせて、［千束屋］の後継者になってほしい、という望みがあった。

さらには、おしずを松平直堅に近づけるきっかけを作ったのも、勘兵衛自身である。なりゆきだったとはいえ、どこか心苦しいところがあった。

いまひとつは、［千束屋］の家業のことだ。

割元という人宿に集まる面面は、一皮剝けば破落戸《ごろつき》と大差はない。

一方、小太郎やおきぬに留三などは、まだよいとしても、権田千佐登や小里となると、多少の懸念があった。

武家に生まれ、武家に育った女たちを、いきなり荒くれ者と一緒にするのもどうか、という苦慮が頭をもたげてきたのである。

すると、ほかには……。

と、考えたとき、恰好の場所が浮かんできた。

もっとも、まだ、あの住居に住んでいればの話だが……。

日高信義《ひだかのぶよし》は、神田白壁町《しらかべちょう》を中心に、アテもなさそうな顔で、ゆっくりゆっくりと、さまようように歩いていた。

その実、［丹波屋］という酢問屋の隣りに建つ、簓子塀《ささらこべい》の町並屋敷を、それとなく見張っているのであった。それが、このところの日課である。

日に三度か四度、紺屋町の町家を出ては、うろつく。

いかにも落ちぶれ果てた商家の隠居といった姿形《なり》で、朝は、あちらこちらのめし屋に顔を出し、昼には職人目当ての菜飯《なめし》屋の屋台で求めたものを、稲荷の境内あたりで、もそもそと食う。

夜には、居酒屋に出入りもする。

そんな行動をとりながら、行きつ帰りつ簓子塀の内部を窺っているのであった。

きょうも、変わりはなさそうだ。

（やれ、くたびれた）

もう、歳じゃな。

と、日高は思う。六十二歳であった。

隠れ家に引き上げることにして、裏通りである下駄新道《げたじんみち》を北に抜け、鍋町西横町の曲がり角のところから、尾行者がいないかを確かめた。

それから竪大工町、新石町《しんこくちょう》と今度は南に進む、という大回りをしたうえで、紺屋町一丁目にある町家へと入った。

この日高、大和郡山《やまとこおりやま》藩の家老、都筑惣左衛門《つづきそうざえもん》の用人《ようにん》である。

そんな日高が、大坂の商家の隠居という触れ込みで、この隠れ家に住みはじめて、もう一年以上になる。

わけが、あった。

もう、ずいぶんと昔の話であるが、大和郡山藩で〈九六騒動〉と呼ばれた御家騒動があった。

長引く騒動に幕府が容喙《ようかい》して、郡山藩十五万石のうち、本多中務大輔政長《ほんだなかつかさたいふまさなが》に九万石、本多出雲守政利《いずものかみまさとし》に六万石と、大和郡山の領地を分割させることで決着をみた。

ところが政利のほうは、それが不満で仕方がない。

十五万石すべてが、自分のものになると信じてやまなかったからだ。

おまけに病的なほどに執拗な男で、暗殺団まで結成して、本多中務大輔政長を亡き者にしようともくろみ続けている。

日高は、狙われる政長の陪臣《またもの》にあたるが、情報収集と暗殺阻止、という密命を帯びていた。

その江戸における暗殺集団の巣窟が、白壁町の町並屋敷であったのだ。

拠点の隠れ家に戻って、日高は、ぽつんと土間先の上がり框《かまち》に、腰を下ろした。

この土間は広い。

というのも、昔は豆腐屋だった、という仕舞《しも》た屋であったからだ。

以前は通いの飯炊き女を雇っていたが、思いのほかに長引いたため、暇を出して、もう半年になる。

そして今は——。

一人きりである。

（さびしいかぎりじゃなぁ）

ふと、孤独を嚙みしめた。

そんなときである。

「ごめん」

表から声が届いた。

「お……！」

出入りする振り売りのことばづかいではなかった。

まだ草履も脱がぬままの日高は、思わず土間に立ち上がって、身構えた。

商家の隠居に扮しているから、腰の物もない。

「どちらはんでっか」

上方弁《かみがた》で応じた。

「わたしです。丸《まる》です」

「おおっ！」

思わず日高は、入口の引き戸まで走った。

「こりゃ、思いがけぬ。ようきた。まあ、入れ入れ」

日高が迎え入れたのは、落合勘兵衛であった。

一時期、日高は勘兵衛を〈丸〉と呼び、自分のことは〈三角《さんかく》〉と、符牒《ふちょう》で呼び合ったことがある。

「まあ、とにかく、二階へな。わしもすぐに行く」

挨拶もそこそこに、勘兵衛の尻を二階への階段に押し上げるようにして台所に向かい、いそいそと茶の湯の支度をはじめた。

（さて、勘兵衛に最後に会《お》うたのは……）

ふむ、昨年の四月に［和田平《わだへい》］であったな。

と、思ったとき――。

「む……」

日高は、ひととき首を傾げて……。

（まさか……な？）

つい、思い入った。

と、いうのも――。

まだ日高が、大和郡山藩の家士で大坂勤番であったころ、めかけとの間に二人の娘をもうけている。

上が小夜《さよ》、妹のほうがかよといった。

姉の小夜は、この江戸の田所町《たどころちょう》で［和田平］という料理屋を開いて女将《おかみ》となり、妹のおかよは、大坂は順慶町《じゅんけいまち》で［鶉《うずら》寿司］という寿司屋の女将であったのだが……。

その小夜が、いつの間にか勘兵衛と男女の仲になっていた。

そして懐妊……、小夜は勘兵衛の手かせ、足かせとなることをおそれて、自ら身を退いて、この江戸から離れてしまったのである。

その後、小夜がどこでどうしているのやら、父親である日高でさえ知るよしもなかったのであるが、その行方が、つい先日にわかったのだ。

大和郡山における闘争の余波で、大坂・順慶町に住んでいた、かよ夫婦も江戸に出て、今は夫婦して［和田平］にいる。

そして、そのかよには、昨年の五月に女児が生まれた。

妻帯していない日高にとっては初孫で、それは嬉しいできごとであった。

先月の終わりになって［和田平］から使いがあり、ぜひにも報告したいことがある、という。

身分を隠して市井《しせい》に暮らし、哨務《しょうむ》に就くものとして日高は、めったに［和田平］にも顔を出さぬし、よほどのことがないかぎりは、連絡を寄こさぬようにと、かよにも言いつけてあった。

（いったい、なにごとであろうか）

それゆえ、よほどに重大な報告なのであろうと、おっとり刀で駆けつけた。

すると……。

——なに、そりゃ、まことか。

——へえ。ここの女将さんのとこへ、姉《あね》さまからなあ、便りが届いたんでおますのや。

と、かよが言ったからだ。

小夜が江戸を去るにあたっては、仲居であった、お秀《ひで》夫婦に店を預け、いま［和田平］の女将は、そのお秀が務めている。

——で、どのような文《ふみ》じゃ。小夜は今、どこにおる。無事であろうな。

——まあ、そんなに、いちどきに……。まずは、よう聞いてくだはいや。よろしゅおますか。あのなあ、小夜姉さまにも、昨年の六月、ぶじに赤児が生まれたそうでおまっせ。

——な、なんと……。そりゃあ、まことか。

日高は再び繰り返し、

——いやあ、それはめでたい。

相好《そうごう》を崩したものだ。

——で、ございましょう。それも、玉のような男の子やそうで、おまっせ。

なんと、還暦を過ぎた日高に、孫が二人もできたことになる。

(それも男児じゃ)

日高が目を細めたことは、いうまでもない。

——で、姉さまがいてはるところは、山城《やましろ》の国、乙訓郡《おとくにぐん》の向日町《むこうまち》というとこや。

——ほう。そうなのか。

向日町といえば、かつては長岡京があったあたりで乙訓郡の中心地、宮家領や公家領のあるところだ。

(なるほど……)

小夜が江戸を離れるにあたっては、小夜に長く仕えた、板前の源吉《げんきち》に、仲居頭のお時《とき》の夫婦者が従った。

どちらも、まだ［和田平］が大坂にあったころからの使用人であったことを思えば、向日町は、そのどちらかの郷里であろう、と思われる。

――実はなあ。

と、かよが言った。

――小夜姉さんは、この春くらいにひとに頼んで、じゅんけまちのうち宛に便りを託したそうらしいんやけど、もう、とっくに［鶉寿司］がのうなっていると聞いて、そら心配をしなはったそうや。それで、もし、この店に、お父はんが顔を出したら、なんぞ事情がわかるんやないか、と便りを出しはったそうや。

順慶町を大坂の住人は、じゅんけまちと言い習わしている。

――ううむ。そういうことか。

かよ夫婦が大坂を捨てて、この江戸にきた事情など小夜は知らない。

すると小夜に残された伝手《つて》は、父親の自分か、この［和田平］しかないわけだ。

いっぽう、自分は密命を受けて、大和郡山やら長崎やらと、あちこちを飛びまわっていることを、小夜は知っている。

それで、［和田平］を頼ったものであるらしい。

（心細い思いをさせたなあ）

日高は、心のうちで詫びながら、

（いや、それにしても……）

よくぞ無事でいてくれた。しかも男児の孫までも授けてくれた。

感謝に、知らず瞼も潤む。

その間にも、かよは、さっそく事《こと》の次第を認《したた》めた手紙を小夜に送ったこと。

また、店を預かるお秀夫婦が、店の利益金を、どうやって小夜に届けたものか、と言っている、などの話を矢継ぎ早に話す。

（なに、金のことなど、どうとでもなる。それよりもな……）

日高が気になるのは、小夜が生んだ男児の父親のことである。

落合勘兵衛。

そのことは、かよ夫婦も、［和田平］の女将夫婦も知っている。

（しかし、それだけは……）

決して、勘兵衛の耳に入れるわけにはいかない。

なにしろ、あの勘兵衛、消えた小夜の向かった先を大坂と踏んで、あわや脱藩まがいの行動をとり、上方《かみがた》まで小夜を探しにいったことがある。

そして、ようやくにあきらめもついたか、昨年には妻を娶っていた。

日高は、落合勘兵衛という男を好きで好きで仕方がない。

無茶勘という異名をとるほどに、ときには無茶をする男だが、男らしくて、さっぱりし、裏表がなくて潔《いさぎよ》い。

そんな勘兵衛に、小夜のことで、思い悩んでなどほしくはないし、せっかく歩みはじめた新生活に波紋を投げたくもなかった。

そんなところに、実に一年数ヶ月ぶりに、当の落合勘兵衛がひょっこり顔を見せた。

折も折、というやつだ。

（まさか、な……）

茶の湯の支度をしながら日高が、つい考えに沈んだのは、そこのところだ。

小夜が男児を生んだことが、早くも勘兵衛の耳に入ったのではなかろうな。

2

沸かし湯を漆塗りの湯桶《ゆとう》に入れたのを持ち、日高は白髪頭を揺らしながら、階段を上った。

「すまぬ。待たせたの」

二階八畳間の畳に、端然と正座している勘兵衛に声をかけた。

「いや、前触れもなくお邪魔をいたしました。かえってお世話をおかけします」

頭を下げてくる勘兵衛に、

「いや、いや。そのような挨拶など無用じゃ。それより、ほれ、足など崩して楽にされよ」

言って日高は湯桶を畳に置くと、あぐらをかいて座った。

それから、手近に置かれた茶櫃《ちゃびつ》に手を伸ばして引き寄せた。

なかには茶葉や急須、湯呑みに茶托などが納められている。

「これは、つまらぬものですが、ほんの手みやげです」

勘兵衛が差し出した包みは、露月町近くの菓子屋で求めてきた薄皮饅頭であった。

「すまぬの。遠慮なく頂戴いたす」

小さく頭を下げ日高は、茶櫃の蓋を取りながら、さりげなく尋ねた。

「ところでどうじゃ。露月町の新居にも、もう馴れたかな」

昨年九月も末の、勘兵衛の祝言には出席しなかったが、その様子や新居のことは、祝言に出た勘兵衛の弟の藤次郎《とうじろう》から聞き及んでいる。

「はい。おかげさまで、つつがなく過ごしております」

「それは重畳《ちょうじょう》」

茶櫃からまずは急須を取り出し、茶筒に手を伸ばしながら日高は、

(小夜のことではなさそうじゃ)

秘かに胸を撫で下ろしている。

「ところで、藤次郎は元気でおりますか」

「ふむ。そのことじゃ」

手を休めることなく、日高は言った。

以前には落合勘兵衛を、日高信義が仕える都筑家老を通して、ぜひにも大和郡山藩に譲り受けたい、と申し入れたことがある。

だが、それは、ほかでもない勘兵衛自身の意志で、あっさり断わられてしまった。

ならば、勘兵衛の弟ぎみなりとも、とねばった結果、落合藤次郎の仕官話が決まった。

その藤次郎は、目付見習として、日高と行動をともにしている。

藤次郎は、まだ十九歳と年若だが、さすがに勘兵衛の弟だけあって、優秀な青年であった。

しかしながら、人物の器の大きさと剣の腕前では兄には及ばないようだ、というの

が日高の評価である。

　といって、不満があるわけではない。

　日高は、あとは無言で作業を続け、茶托に乗せた湯呑みに茶を注ぎ入れて、

「ま、粗茶ながら」

「かたじけない」

「旅に……ですか」

「実は、藤次郎は清瀬拓蔵《きよせたくぞう》とともに旅に出ておってな」

「おかげでわしは、このところ独りぼっちじゃ」

　苦笑したのち、ずるっと茶を啜って、

「あ、熱《あ》ち」

　顔をしかめた。

「で、弟は、どちらのほうに……」

「先日に便りが届いてな。今は、越前小浜《おばま》の城下町だそうな」

「ほう。小浜といえば酒井さまの……」

　若狭一国と、越前敦賀《つるが》を領するのが小浜藩であった。

　小浜藩の酒井家と越前大野藩の間には、なにがしかの縁がある。

といって、敵対する大老、酒井雅楽頭忠清の話ではない。

酒井家は、元もとが徳川将軍家最古参の譜代筆頭の家であるが、直系の〈左衛門尉《さえもんのじょう》家〉と分家の〈雅楽頭《うたのかみ》家〉に分けられている。

現在の大老は〈雅楽頭家〉宗家の筋にあたり、小浜藩の酒井家は、その分家にあたった。

「ほれ、そなたが、一度、ここを訪ねてきてくれた日があったであろう」

やや遠い目になって、日高は話した。

「はい。あれはたしか、昨年の四月のことでしたか」

「そのとき、たしか、藤次郎が話したであろう。あの白壁町の町並屋敷のことだ」

「は。あの賊どもの巣窟ですな」

「うむ」

勘兵衛も江戸に出てきた当初は、大和郡山藩の御家騒動の余波に大いに関わったものだ。

九万石と六万石に領地を分けられたため、大和郡山藩は二つ存在して、九万石とそれ以前の三万石と合わせて十二万石となった、本多中務大輔政長のほうは、大和郡山藩本藩、と、そしてもう一方の本多出雲守政利のほうは、大和郡山藩支藩、と呼び分けられている。

　そして支藩が、執拗に本藩の政長の命を狙っているのであった。

「藤次郎の話では、あの巣窟には六人ばかりが潜み、うち二人が旅支度で出たのを高《たか》輪《なわ》あたりまで跡をつけた、というようなことでございましたが」

　思い出しながら言った勘兵衛に、日高は大きく首肯した。

「それよ。実は、この七月の初めに、そのときの二人が揃って、あの巣窟に戻ってきた」

「ほう」

「さらには、そやつら、浅草の御米蔵横の出雲守江戸屋敷に頻繁に出入りをはじめた。こりゃ、なにやら動きはじめたな、と警戒していたところ、その二人が、またも旅立った」

「ほほう」

「それで、藤次郎と拓蔵が旅支度もそこそこに、その二人を追った、というわけじゃ」

「で、その行き先というのが、越前小浜の城下町でございますか」

「そういうことだ」

「しかし、越前小浜とは、いったい……」

（どういうことであろうか……）

勘兵衛は首を傾げた。

「で、……な」

「はい」

勘兵衛は、日高が今度はふうふうと茶に息を吹きかけたのちに、一口茶を喫するのを待った。

「驚くでないぞ」

「なんでございましょう」

「藤次郎からの便りによれば、白壁町の二人が行き着いた先に、見知りの人物がいたそうだ。熊鷲三太夫《くまわしさんだゆう》と名乗っておるそうだが、の……」

「なんですと」

思わず声が高まりそうになるのを、勘兵衛は抑えた。

（山路亥之助《やまじいのすけ》！）

元は越前大野藩で郡奉行を務めた者の嫡男だったが、銀山不正発覚に際して逃亡、国許からは討手まで出た。

また、そもそも勘兵衛を江戸に呼び出して待っていたのは、その山路亥之助を討ち果たせ、という若殿の密命なのであった。

さて当の亥之助は、いかなる運命のいたずらか、大和郡山藩支藩の深津《ふかつ》家老に拾われて、暗殺団の首領格におさまっている。

そして、熊鷲三太夫と変名していた。

ただ、それだけではない。

山路亥之助は、まだ勘兵衛が幼少のころからの因縁があり、勘兵衛にとっては天敵のような男であり、今や不倶戴天《ふぐたいてん》の仇《かたき》でもあった。

一度はこの江戸で、亥之助を追いつめ決戦を挑もうとしたものの、まんまと逃げおおせられて以来、天に馳せたか地に潜ったか、その消息はぷつりと絶えている。

（むむう……）

勘兵衛は、まるで幽霊でも出会ったように、また立ち現われたその名を耳にして、思わず歯ぎしりをする思いであった。

とりあえずは、胸の高鳴りを鎮《しず》め、勘兵衛は、むしろ静かな声音《こわね》で言った。

「亥之助……。いや、熊鷲三太夫は、小浜くんだりで、なにをしておるのでしょう」

「さあ、そこのところだ。藤次郎らの調べによれば、熊鷲のほかに条吉《じようきち》という色黒で目尻の下がった男、それに若狭箸の職人だという粂蔵《くめぞう》という男、そして白壁町から行き来しているのが竹内《たけうち》に金森《かなもり》、この五人で、本小松原とかいう、若狭の海に近い町家に住んでいるらしいが、いったいなにをやっているのか、見当もつかぬそうだ」

「色黒の条吉なる男なら見当がつきます。熊鷲の腰巾着というか、下男のような男です」

「そうか。いや、竹内と金森なら調べがついておる。いずれも支藩の家士でな」

大和郡山の城下町のはずれに、〈榧《かや》の屋形〉と呼ばれる建物があった。

実は、ここが大和郡山現地における暗殺団の本拠地であったのだが、周到な計画のうちに本藩目付衆が夜討ちをかけて、この一団を壊滅させた。

すると次には、支藩から仕返しの士が出て本藩徒目付を襲い、数人を斬殺したのち、大和郡山の地から逐電した。

その数、六名。それが江戸の白壁町に潜む者たちの正体だ、と日高は説明した。

3

「というわけで、藤次郎はおらぬのだ。あいにくなことであったなあ」

と、日高が続ける。

きょう、勘兵衛が姿を見せたのは、弟にでも会いにきたのだろう、と考えているらしい。

勘兵衛は言った。

「実は、きょう、お邪魔をいたしましたのは、ほかでもございません。いささか無理なお願いがあって参じたのです」

「ほう、そうなのか。ふむ、どういうことじゃ」

「実はわたしも、この四月から国許へ戻っておりまして、江戸へ戻ってきたのが、ついきのうです」

「そうだったか。いや、相変わらず、忙しくしておるのじゃのう」

言って、日高は目尻の皺を深めた。

「実は、江戸に戻るにあたり、国許より連れてきた人物……いや、家族がおりましてね」

「ほう」

「それが、少しばかり訳ありの家族でございます。有り《あ》体《てい》に申せば、我が江戸屋敷に住まわせるわけにはいかない者たちなのです」

「なるほどのう。ということは……ふむ。つまり、この寓居で預かってくれ、というわけかの」

相変わらず、日高は察しがいい。

「はい、本人たちの、今後の身の振り方が決まるまでの間でよろしゅうございます。本来ならば、詳しい事情をお話しすべきでしょうが、どうか、そこのところはご容赦をいただきたく」

「わかった。わしも、それほどの野暮天《やぼてん》ではない。なに、このところの一人ぼっちに、少しばかり、人恋しくもなっておった折じゃ。引き受けるのに、やぶさかではないが、このわしのことは、その家族とやらに、どう説明するつもりじゃ。なにしろ、密命を帯びた身であるから、あからさまに正体を明かすわけにもいかぬからなあ」

「ご好意、まことにありがとうございます。ま、日高さまとの関係を、どう説明するかは、相談をさせていただくとして……、その前に言い足りぬところがございます。ただ家族と申しましたが、いささか数が多うございましてな」

「そうなのか」

「はい。八人でございます」

「なに、八人もか……」

さすがに、日高が目を剝いた。

勘兵衛としては汗顔のかぎりだが、ある程度は詳しく、その家族構成や、それぞれの関係について説明をくわえた。

「ふうむ……」

日高は腕を組むと、しばらく、あれこれと考えをめぐらせていたようだが、やがて――。

「いや、それはおもしろい」

破顔した。

「…………」

「いっそのこと、こうしてはどうじゃ。勘兵衛どのは、本人たちの身の振り方が決まるまでと申したが、どうじゃろう。その一家八人が、この家の借受人になってしまう、というのは」

「ははあ……？」

「つまりじゃ。わしが、その家族の居候になるということじゃよ」

「なるほど……」

この日高、とんでもないことを言いだした。

「なにしろ、わしが、この仕舞た屋を借りるにあたっては、大坂での商いを倅に譲って隠居をし、腰を据えて江戸見物という口実になっておる」

「そうでございましたな」

弟の藤次郎は、その隠居のお供ということになっていた。

「ところが、思いのほかに長引いて、もう一年以上になる。そろそろ怪しまれても仕方のない時期にさしかかっておる」

ならば、この家《や》の借受人の名義を換えて、日高がそこの居候になる、という韜晦《とうかい》法を思いついたものらしい。

「もちろん、家賃などのかかりは、こちらで出す。聞けば働き盛りの女子衆《おなごし》から、少年、少女に童《わらべ》まで揃っておる。そこに居候のじじいとなれば、目立ちもせぬし、怪しまれもすまい。なにより、買い物やら飯炊きの世話も焼いてもらえそうだし、一気に賑やかにもなろう。わしにとっては、一石二鳥どころか、三鳥にも、四鳥にもなりそうに思えてな」

「まあ、そうお考えくださいましたら、わたしのほうも好都合ではございますが」

「もちろん、それぞれの人品骨柄を見極めたうえのことではあるが、場合によっては、ある程度のことは明かし、留三というたかの……」

「はい。縣小太郎の母がわりとなっている女の兄にあたります」

「うむ。その者は中間男《ちゅうげんおとこ》として、わしが雇うてもよい。なにしろ、今は、我が主と連絡をとるのにも困っておってな。もちろん、給金は出す」

「わたしが見たところ、無口ながらも誠実な人柄、決して仇《あだ》なす人物とは思えませんが、まずは、十分に検分なされたうえでお決めになるのがよろしいかと思われます」

「もちろんじゃ。まあ、それは先のこととして、どうじゃろう。その一家は、わしの遠縁にあたるものとして、ここの大家に話を通す、というのは？」

「日高さまさえ、それでよろしければ、わたしに異論はございません。もちろん、縣小太郎はじめ、家族のものには、その旨を言い含めておきましょう。ま、詳しいことは、日高さまにおまかせいたしますので、本人たちとお打ち合わせくださいますれば」

「うむ。そうしよう。で、勘兵衛どのとわしとの関係は、さて……、どういうことにいたそうかの」

「いずれ、藤次郎がここに戻ってくれば、あるいは小太郎と顔見知りやもしれず、下手《へた》な嘘八百を並べることもありますまい。とりあえずのところは、ただ昵懇《じっこん》の仲である、というあたりに、とどめておいてはいかがでしょう」

「うん、うん。それがよかろうの。なに、互いに一つ屋根の下にて暮らしておれば、互いの事情など、いつしか、それとなく顕《あら》われようというものだからのう」

どうやら、話はまとまったようだ。

「で、いつ、こちらへ連れてこられる？」

「はあ、うまくいけば、あしたにでも……。しかしながら、ちょいと複雑な事情が絡んでおり、家族全員が無事に落ち合えるかどうかすら、今は予断を許さぬ状況でございましてな」

「ふうむ。よほどのことが、あるのであろうなあ」

「まことにもって、ご賢察のとおりでございます」

「わかっておる。わしから、あれこれと尋ねはせぬ。その心配ならいらぬよ」

「毎度のことながら、日高さまには、迷惑ばかりをおかけして、まことに心苦しく思うております。どうか、お許しをくださいますように」

深ぶかと頭を下げながら、勘兵衛の裡《うち》には、ぷっつり姿を消してしまった小夜が顔を覗かせていた。

若さゆえ、ではすまない慚愧《ざんき》の念は、勘兵衛のなかで一生消えはしないであろう。

「迷惑などと、なにを言う。わしゃあ、おまえのことを実の息子とまで思うておる。

そのような他人行儀なせりふは聞きとうもないぞ」

　と言う日高信義の裡《うち》にも、

（なにしろ、小夜が生んだ孫の、おまえは父親ゆえになあ）

　という思いがあったのである。

「いつにてもかまわぬ。わしが留守の場合もあろうから、表戸の開け方を教えておこう。いつなりと、勝手に入ってもらってかまわぬからの」

だいたいに江戸の一般の町家には、外出に際して鍵をかける、という習慣はないが、日高は役目がら用心に怠りはない。

　わざわざ江戸より外の大工の手を入れて、表戸には上方ふうに、外猿戸《そとさるど》と内猿戸《うちさるど》の戸締まりの仕掛けをしつらえていた。

　目立たぬ場所に、その仕掛けがあって、それを知らねば戸が開けられぬのが外猿戸であり、内から内猿戸をかけると、表戸を打ち破らないかぎり、中に入ることができない。

思いもかけなかったかたちとはなったが、小太郎たちの落ち着き先を得て、勘兵衛は紺屋町、日高宅を辞した。

4

防火のために築かれた、八丁堤《はっちょうづつみ》の間を通り抜けようとしながら、勘兵衛はふと東の方向に視線を転じた。

(あのあたりであったな……)

およそ二年前の冬——。

勘兵衛は天敵である山路亥之助を、この八丁堤の土手下まで追いつめた。

そして、いよいよ決着をつけようとしたとき——。

亥之助が、黒い深編笠《ふかあみがさ》を投げつけてきた。

化鳥のように飛翔するその笠を、勘兵衛は抜刀して払った。

すると刀剣に衝撃があり、夜の闇に火屑《ほくず》が散った。

どうやら、縁《へり》に鋼《はがね》を仕込んだ特殊な笠だったようだ。

その間に、亥之助は闇夜に紛れて消えていた。

それきり、消息が絶えた。

（それが、小浜の城下町に……）

伊勢町河岸へと続く大横町《おおよこちょう》のほうに足を進めながら、勘兵衛は考えた。

（小浜なあ）

なにゆえ亥之助が、そのようなところに……と、ついつい勘兵衛が深読みをはじめるには理由があった。

小浜藩の酒井家と、越前大野藩の関わりである。

小浜藩の藩主は、現在は二代目の酒井忠直《ただなお》だ。

その忠直は、幕政批判をして罪を得た、元は佐倉藩主の堀田正信《ほったまさのぶ》を預かっていたのであるが、正信が秘かに上洛したことを幕閣に知られて、つい先日の六月に閉門を命じられている。

また堀田正信のほうは、阿波《あわ》徳島藩の蜂須賀《はちすか》家に預け替えの処分を受けていた。

いや、そんなことはどうでもよい。

実は、小浜藩二代目当主の座は、本来なら初代忠勝《ただかつ》の嫡男である、酒井忠朝《ただとも》が襲封するはずであった。

その忠朝は英才の誉れ高く、わずかに十四歳で若年寄の重職に就いて、いくいくは幕閣の中心にと嘱望されるほどの人物であった。

ところが、あるとき突然に廃嫡勘当されて、小浜藩の飛び領地である、安房国《あわこく》に追放されてしまった。

その理由については、謎とされている。

さて、ところで勘兵衛にとっての若殿である直明の妻は仙姫《せんひめ》といって、十二歳のときに、〈仰せ出されの婚姻〉によって、十五歳の直明の元に嫁いできた。

〈仰せ出されの婚姻〉は、公儀から下される結婚管理法であり、否も応もない。

その仙姫の出自はというと、どこか曖昧模糊《あいまいもこ》としたものであった。

小浜藩で廃嫡の憂き目にあった忠朝の夫人の妹の子、だという。

その忠朝夫人というのは、伊予松山藩、先代の娘であったから、仙姫は伊予松山藩主、松平定頼《さだより》の養女となったうえで、直明に嫁してきた。

とはいえ我が藩にとっては、いまひとつ納得のしがたい婚姻ではあった。

ま、とにかく、仙姫が小浜藩と無縁ではない、ということだけは確かだ。

だが、その裏には、大きな秘密が隠されていた。

勘兵衛がそれを知ったのは、江戸幕府大目付の大岡忠勝《おおおかただとう》に呼び出され、およそ半日にも及ぶ歓談の席である。

秘かに出会いの場所に指定されたのは、九段坂にある、諸国簟問屋［若狭屋］の二階座敷であった。

そして大岡が語った内容は、まさに衝撃的なものであったのだ。

その詳細は、すでに第十一巻（月下の蛇）に著わしたので、繰り返さない。

再述するのは、仙姫が実は安房国に追放された酒井忠朝の娘であったということだ。

母は忠朝の正室ではなく、元は有馬の湯女《ゆな》であった小万《こまん》という女性である。

忠朝と、この小万の間には、四人の男児と三人の女児が生まれたとされている。

七人ともが、安房の生まれであった。

忠朝は正室との間に、三人の男児を得ていたのだが、その三人ともが夭折している。

だから安房で生まれた最初の男児は、忠朝にとっては四男にあたる。

名を酒井忠国《ただくに》、叔父にあたる酒井忠直から一万石を分割されて、安房勝山藩の藩祖となった。

一方、忠朝の長女が仙姫であった、というわけだ。

仙姫の出自を、曖昧模糊なものに細工したのは、その父が廃嫡のうえ、追放された人物である、というのを韜晦しようという意図があったらしい、と勘兵衛は思った。

ところが、大岡が次に語ったのが、驚愕するような内容であった。

酒井忠朝と小万の間に生まれた娘が、もう一人いるというのだ。

それは忠朝が江戸にいて、まだ廃嫡される以前のことで、この江戸で生まれたという。

そうすると、その娘は仙姫の実姉にあたるではないか。

だが、その存在は、当時のさまざまな事情から明らかにはされず、忠朝の親友であった大岡忠勝に預けられて育ち、その存在も事実も、大岡の胸ひとつに収められていた。

その娘の名は、しのぶ、といって大岡の元で大切に育てられ、十七歳のときに、［若狭屋］に嫁いだという。

大岡忠勝が、そのような大事を勘兵衛にだけ明かしたのはほかでもない。

あのとき、大岡忠勝は勘兵衛にこう言った。

――しのぶの素性について、いずれは、誰かに告げておかねばならぬと思うていた。もはや、それを知っておるのは、わしだけゆえにな。

と……。

その誰かに、なにゆえか勘兵衛が選ばれたのだ。

さらに、こうも言った。

――いきなり、こんなことを話されては迷惑じゃろうが、ま、老人の戯言《たわごと》と思うて、聞いてくれい。なに、それで、どうこうしろというのではない。そなたの胸ひとつに収めてもろうてよいのじゃ。

と……。

あのとき大岡は、すでに六十半ばを越えていた。

老い先短いと覚って、勘兵衛に秘密を打ち明けたのだろう。

大岡に見込まれたことが、勘兵衛は正直なところ嬉しかった。

そして、結局は、その秘密を自分一人の胸に収めることにした。

上司の松田にさえ、話してはいない。

なにか不測のことが起こり、秘密を明かさねばならない事態となれば別だが、今後もこの胸ひとつに収めようと決めたのだ。

(ふむ……)

小浜にいるという亥之助のことを再び勘兵衛は、心にのぼらせた。

首を傾げるのは、亥之助と一緒にいるという粂蔵――その男は、若狭箸の職人だという。

(どうにも、そぐわない取り合わせではないか)

その点が気になる。

勘兵衛は［若狭屋］から、見事な若狭塗りの若狭箸を贈られ、今も愛用している。

近いうちに［若狭屋］を訪ねなければなるまいな。

ちらと思ったが、今は縣小太郎のことのほうが先だ。

思い直し、勘兵衛は、そろそろ夕暮れが近づく江戸の雑踏のなかを歩いた。

5

露月町の町宿には、すでに八次郎が戻っていた。

「どうだ。わかったか」

さっそく勘兵衛が問うと、

「はい。近在の百姓たちも寮のことを知らず、ずいぶんと探しまわりましたが、折良く振り売りの魚屋に出会いましたおかげで、首尾よく見つけました。御行の松からは未申《ひつじさる》（南西）に半町ばかりのところで、まだ新しくはございましたが、なかなかに鄙《ひな》びた風情の寮でございましたよ」

八次郎は金杉村の根岸に、［越後屋］の寮を探しにいったのである。

「それはご苦労だったな。で……」

「はい。足を棒にしているところだったんで、大いに助かりました。ついでに魚屋に尋ねましたところ、その寮には普段、寮番の爺さんが一人で住んでいたそうですが、最近になって、客人が増えたようだと言い、ついさっきは、三十そこその女が出てきて、鰯《いわし》を十数匹も買ってくれた、と言っておりました」

八次郎、先ほどは探しまわったと言い、またも足を棒にして、と言うところをみると、ずいぶんと歩きまわって、苦労をしたようだ。

なるほど、根岸といっても、そうとうに広い。

少しは、ねぎらってやることにした。

「いやいや。よう見つけたのう。そうか、なるほど。その女が、あるいは、おきぬさんかもしれぬな。それに鰯を十数匹も買うところを見れば、六人は無事に落ち合えて、その寮に移ったのであろう」

勘兵衛は、そうと察した。

八次郎も言う。

「そうだと思います。なにしろ食い盛りの子供もおりますのでね。で、ちょいと生け垣の隙間から覗いてみましたら、おきぬらしい女が、洗濯をしておりました。よほどに声をかけようか、とも思いましたが、ま、踏みとどまった次第です」

「うむ。それでよい。ならば、越後高田の連中に、監視されているような様子はなかったのだな」

「はい。そのような気配は感じられませんでした。ただ……」

「なにかあったか」

「はい。実は寮の近くに、小さな庚申堂《こうしんどう》があるのですが、そのお堂に身を隠すようにして、月代《さかやき》の伸びた浪人ふうの男が、じいっと、寮のほうを窺っているように思えましてな」

「ほう」

「それで、庚申堂に近づくと、妙におどおどとした様子で、視線を逸らします」

「怪しいではないか」

「はあ、挙動不審というやつですな。ところが、よくよく見ると、浪人のそばに七つか八つくらいの男の子がおります」

「つまり子連れか」

「あるいは、食いっぱぐれて、隙あらば寮から、なにかかっぱらうつもりであったかもしれませんが。下手《へた》に誰何《すいか》して、騒ぎとなってもいかがなものかと……」

「よい、よい。それでよい。子連れならば、たいした悪さもできまいよ」

この八次郎、ずいぶんと剣道場に通わせたが、剣の腕は、いっこうに上がらない。

そのことを知っているだけに、八次郎が怪しい浪人に誰何できる度胸などないことは、お見通しの勘兵衛であった。

「で、寮の在処《ありか》を見つけたことは、小太郎にも話したか」

「いえ、まずは旦那さまへの報告が、先でございますから」

かしこまって、八次郎は答えた。

「そうか。では、小太郎へは俺から話そう」

となれば、明日にも根岸へ向かおうと決めて勘兵衛は、

「おまえもこい。ついでに聞いておいてもらわねばならぬことがある」

「は。わたしもですか」

「うむ。口は挟まず、聞いておくだけでよい」

「ははあ……」

八次郎が、不得要領《ふとくようりよう》な声を出した。

[越後屋]の寮から六人を引き取ったあとは、その足で、紺屋町の日高宅へと向かう。

それについて、あれこれ説明をしなければならないが、そのやりとりを、八次郎に

も聞かせておけば、二度手間が避けられる。

金杉村・根岸

1

明朝、勘兵衛は、縣小太郎に留三、それに八次郎の四人で根岸に向かった。

やや曇天であったが、雨が落ちるほどのことはなさそうだ。

上野広小路の賑わいに目を瞠《みは》っている小太郎たちを引き連れ、不忍池《しのばずのいけ》が目前となったころ、突然、ざあっと雨がきた。

「驟雨《しゅうう》であろう。すぐにやむと思うが……」

勘兵衛が周囲を見渡すと、不忍池から流れ出す忍川《しのぶかわ》の先に茶屋が見えた。

「八次郎、あの茶屋で、しばし雨宿りとしようか」

「そうしましょう」

と言っているうちにも、雨足は、どんどん強まり、広小路の群衆も、ある者は駆けだし、常楽院の山門や、手近の店の軒先へと走り込んでいる。

小走りに三橋《みつはし》のいちばん右を渡って［はぎの茶屋］と幟《のぼり》のある茶屋へ入ると、店内を見まわした八次郎が、

「お、［はぎの茶屋］というだけあって、ここにははぎの餅があるようですよ」

嬉しそうな声をあげた。

「先ほど朝飯を食ったばかりというのに、しようのないやつだな。食いたければ食え」

言って、勘兵衛は苦笑した。

茶屋の入口付近には、紫の花をたわわにつけた萩が、そろそろ盛りを迎えようとしていたのだが、そのようなものは八次郎の目には入らなかったと見える。

「はぎの餅、とは、どのようなものでしょう」

小太郎が尋ねてきた。

「おう、故郷で言う、ぼた餅のことだ。おはぎとも言うだろう」

「ははあ、そうでございましたか」

小太郎の国許での貧窮ぶりを知っている勘兵衛は、小太郎がぼた餅など口にしたこ

ともなかったのではないかと思い、

「遠慮せず、おまえも食ってみろ」

「は。では、遠慮なく」

はにかみながら、笑顔を見せた。

おそらくはにわか雨であろうと思われる、雨待ちをしながら、

「ところで小太郎、この江戸でも、剣の稽古は続けると言うておったな」

「はい。そのつもりでございます」

「ならば、俺もときどき通う道場を紹介してやろう」

「ほんとうでございますか」

「高山《たかやま》道場」というてな。小野派一刀流だ」

「小野派一刀流といえば、柳生新陰流とともに、将軍家指南の流派でございましょう」

「そうだ」

「そのようなところに、わたしなどが入門できましょうか」

「その心配ならいらぬことだ。ただの町道場だし、今後、おまえの寄宿先となるところからは目と鼻の先だ。おまけに、我が家中で、その道場に通うものは俺一人きりだ

しな。そのほうが気も楽だろう」

「ありがとうございます。よしなにお引きまわしくださいますようお願いいたします」

やはりにわか雨であったらしく、小半刻（三十分）とせぬうちに雨は上がった。

「ちょうどよいお湿《しめ》りだ。これで砂埃も舞わぬ」

雨が長引くと道がぬかるみ、降らねば降らぬで砂埃が舞うのが、江戸の町の泣きどころであった。

茶屋や料理屋が建ち並び、見世物小屋や芝居小屋もある広小路から、山下へと抜ける。

「この道をまっすぐ、まっすぐ行けば千住《せんじゅ》に出る。つまり、この道が日光街道、奥州街道へと続くのだ」

上機嫌な声で、八次郎が説明をしている。

上野寛永寺《かんえいじ》の末寺ばかりが続く道は、やがて養玉院大覚寺《ようぎょくいんだいかくじ》で突き当たり、道が分岐する。

そこを左に、次には右へと鍵型に曲がると下谷《したや》坂本町、上り道が続くそのあたりからは、ずっと両側町《りょうがわちょう》になる。

「あ、こちらからまいりましょう」

やがて八次郎が言って、三叉路を左にとった。

上り道が下り道に変わった、下谷金杉上町《かみちょう》と呼ばれるあたりだ。

寺があり、そこを抜けると田畑が広がり、ぽつぽつと農家が点在する。

先のほうでは、上野台地がせり上がっていって、ところどころ崖地も見える。

そういった傾斜地にも、田畑が広がっていた。

右も左も、見渡すかぎりの一円が金杉村だが、右手のほうには、ほかの雑木を圧して松の大木が聳えている。

それが御行の松で、先立ちする八次郎は小川に沿って、くねくねと上りながら曲がる道を進んだ。

路傍には真っ赤に燃える彼岸花が群生し、その根方では露草が、冴え冴えとした青い小さな花を結んでいた。

だんだんに御行の松が近づいてくる。

このあたりが、根岸という字《あざな》の土地であった。

やがて道は小川と別れて、いよいよ根岸御行の松も目前だ。

その松の大木の傍らには、時雨岡不動とも御行の松不動堂とも呼ばれる草堂があるが、今にも頽《くずお》れそうに見えるさらばえた姿で、小川に架かる橋も痛みが激しい。

その先で道は再び小川に出会うが、そこには、しっかりとした石橋が通されている。

「こちらです」

石橋を渡って、八次郎は左に曲がった。

再び小川に沿った道で、今度は下りであった。

次には小川沿いの道を捨て、右に曲がる。

なるほど迷路のような道筋だ。

「ほら、あれです」

小さな梅林に囲まれるようにして、建物があるようだ。

「うむ。静かに行こう」

念のため勘兵衛が先頭に立ち、まわりの気配を読みながら、ゆっくりと進んだ。

(なるほど)

鄙びた造りにしてあるが、建物としては新しい。

塀がわりに小笹で宅地を囲み、茅葺き門に両開きの枝折戸《しおりど》、小広い庭があって、寮自体も茅葺き屋根といった造りだ。

勘兵衛は外から気配をうかがったが、内部に、これといった異常は感じられない。

だが……。

「八次郎」

静かに言うと、

「はい」

八次郎もまた小声で答えた。

勘兵衛は、一町（一〇〇メートル）ほど先の庚申堂《こうしんどう》らしい祠《ほこら》に目をやりながら尋ねた。

「きのう、おまえが見た不審な浪人者とは、あれか」

「あ、きょうも、おりますか」

だが、竹藪から首だけ突き出すように、こちらを窺っていた男の顔は、すでに引っ込んでいた。

「うむ。子供の姿もちらと見えたのだがな」

どういうことであろう、と考えたが、害意がありそうにはなかった。

「まあ、ほうっておこう」

そう決めて、枝折戸を引くと、簡単に開いた。

庭は無人だった。

そのとき、茅葺き屋根の建物の内から少女の笑い声が聞こえた。

「トドメの声です」

小太郎の声が弾んだ。

2

「ごめん」

こざっぱりした庭から、勘兵衛が声をかけた。

「へーい」

のどかな返事は母屋からではなく、横っちょのほうから届いた。

背の低い老爺が出てきたのは、庭の隅に建てられた小屋で、どうやらそこが寮番の住む番小屋であるらしい。

勘兵衛は言った。

「ちと尋ねるが、こちらに、おきぬさん他の客人が滞在中であろう」

「へい、へい、もしや、あなたさまは縣さまでございましょうか」

寮番の老爺は、目をしょぼしょぼさせたあと、少しばかり首を傾げた。

小太郎が進み出て言う。

「わたしが縣小太郎だ」

「さいでございますか。皆さま、それはそれは、首を長くしてお待ちしてございましたよ」

それを聞くなり留三が、矢も盾《たて》もたまらない、といった調子で、

「おきぬ。おい、おきぬ。俺だ、留三だぞ」

母屋に向かって、大声をあげた。

すると激しい足音が聞こえ、母屋の入口から女が姿を現わし、

「ああ、兄《あに》さん、兄さん……」

裸足のまま、飛び出してきて留三にすがった。

「おお、おきぬ、無事だったか」

「へぇへぇ。もう、あんましにとろいんでの、どうなったことかと、あたしちゅうのは、あたしちゅうのは……」

越前大野の訛《なま》りをそのままに、留三の腕をつかんだまま、おきぬの顔は涙でくしゃくしゃになっている。

おきぬに続いて母屋からは、余介と思われる男児や、トドメであろう女児が三歳ほどの幼児の手を引いて姿を見せた。

そのあとには、権田千佐登に小里と思われる母娘の姿もあった。

（ふむ、全員が揃っている）

安堵しながらも勘兵衛は、どこか居心地の悪さも感じている。

というのも、昨年に明らかとなった米不正で、郡奉行であった権田千佐登の夫は死罪となり、小里の夫には切腹の沙汰が下った。

その不正が暴かれた経緯を考えれば、権田母娘にとって勘兵衛は、まさに仇同様の存在なのだ。

「で、旦那さまは？」

おきぬは次に、きょろきょろと見まわした。

縣茂右衛門の姿がないのに、気づいたのであろう。

困った顔になっている留三に変わって、小太郎が言った。

「積もる話は、のちのことといたしまして、まずは、こちらを立ち退かねばなりません。急なことですが、急いでお支度のほどをお願いいたします」

「ほんでぇ、これから、どこに行こうというんだい」

問うおきぬに、

「とりあえずの落ち着き先は、こちらの落合勘兵衛さまがお探しくださった。これも、おいおいにお話ししますが、今度のことでは、落合さまには、なにからなにまでお世話をおかけしているのです」

するとと、おきぬが、

「ほーけぇ、いがーい、世話になったんにゃなあ」

勘兵衛に、何度も何度も頭を下げる。

だが、権田母娘は、落合勘兵衛の名を聞いて、とげとげしい目つきになっている。

そこで、勘兵衛は、まっすぐ母娘のところに向かった。

「落合勘兵衛でござる」

まずは名乗って一礼をし、

「なりゆきとはいえ、さぞや、わたしをお恨みでございましょうが、堪忍は一生の宝とも申します。どうか、お赦しをくださいますように」

もう一度、頭を下げた。

すると、母親の権田千佐登のほうが答えた。

「なんの、お恨みなどいたしますものか。法を曲げたるは、我が夫のほうにございます。まして勘兵衛さまのお父上は目付職。理非曲直を明らかにするのがお役目、決して逆恨みなどはいたしませぬぞ」

本心はどうあれ、武家の妻女らしく凜然と言った。

「かたじけのうござる。では、さっそくながら、お支度のほどをお願いいたす。とりあえずの仮寓として、江戸市中、神田の町家までご案内をいたしましょうほどにな」

支度をうながしたうえで、次には寮番のところへ向かった。

「寮番どの。ついでにお尋ねするが、ここに、あの家族六人以外に、どなたか客人はおられるかな」

「いいや」

寮番は首を振り、

「ほかには、だぁれもおらん。せっかく賑やかになって、喜んでおったんだがなあ」

あるいは、越後高田の息がかかった者でも、と念を押したのだが杞憂であった。

案ずるより産むが易し、のたぐいであろう。

「そうですか。いや、なにかとお世話をおかけしましたな」

「なんの。飯まで作ってくれて、世話になったのは、こちらのほうだい」

「そう、そう。[越後屋]の主、利八どのには、きょうのうちにも拙者が挨拶に出向くゆえにな。その心配ならいらぬぞ」

「それは、念の入ったことで、へい、ありがとうございやす」

酒手にでもしてくれ、と勘兵衛に金包みを渡されて、寮番は大いに恐縮した。

「ところでなあ」

「へえ」

「ちょいと気になったのだが、この先の庚申堂のところから、この寮を見張っているような浪人者がいたのだが」

「へえ、へえ。子連れの浪人者でござんしょう」

「気づいておったか」

「気づくもなにも、もう半月、いや、もっとになるか。朝方からやってきて、夕刻には戻っていきます。最初のうちこそ気味悪かったが、いっこうに手出しをするでもない。気にはなるんですが、おっかないことには首を突っ込まないほうがよかろうか、と放っております」

「ふうん」

おかしな話だ、と勘兵衛は思った。

3

寮番に見送られて、総勢で十人になった勘兵衛たちが、ぞろぞろと［越後屋］寮の枝折戸から出た。

そして、元きた道を戻りはじめたのであるが……。

「八次郎」

「はい」

「おまえ、先頭に立って道案内をせよ」

「は」

八次郎を先頭に立てて、勘兵衛はしんがりをつとめた。

と、いうのも……。

勘兵衛一行のあとを、つけてくる者の気配がした。

しばし歩いて、ゆっくりと振り向いた。

思ったとおり、庚申堂の陰に隠れていた浪人者であった。

一町ばかりの距離がある。

その後方に、浪人のあとをついてくる少年の姿があった。

「なに用か」

勘兵衛が静かな声音で問うと、前を行く一行も足を止めた。

「いや……」

月代の伸びた浪人者は、右手を前に突き出して言った。

「他意は、ござらぬ。決してござらぬ」

言いながらも足を速めながら、

「卒爾《そつじ》ながら、そこな女人にお尋ねしたき儀がござる。なにとぞ、なにとぞ、お願いを申す」

「ふむ」

まことに、必死の様子である。

すると、おきぬが勘兵衛のそばにきて言った。

「聞きたいことって、なんだね」

「ありがたい。ほかでもござらぬ、あの［越後屋］の寮に絵師はおらなんだか。名は……、名は菱川道房《ひしかわみちふさ》というそうじゃが」

「絵師？　そうちゅうもんは、おらん。うちらのほかちゅうのは、寮番の爺さん一人だけじゃ」

「ま、まことでござるか」

浪人が、がっかりした様子なのを見て、勘兵衛も口を添えた。

「わたしも先ほど寮番どのに確かめたが、あの寮には、この者たちのほかは、誰もおらぬと言うておったぞ」

「さようでござるか」

浪人が、がっくり首を落としたそのときである。

「ち、父上……」

浪人のあとを追ってきた、七歳くらいの少年に、あわてて勘兵衛は駆け寄った。

先程来、その歩き方が、どこかおかしいと感じていたのだが、いきなり、ぐらりと倒れかかったのを、かろうじて勘兵衛が支えた。

熱い。

顔が真っ赤になっている。

おまけに、着物がぐっしょり濡れていた。

「これ、喜太郎《きたろう》、どうした」

浪人者が狼狽した声を出すのに、勘兵衛は叱咤するように言った。

「かなりの高熱じゃ。先ほどのにわか雨で、雨宿りはしなかったのか」

「いや、木の下にて、やり過ごしたのじゃが……」

「とにかく、医者に診せねばならん」

「医者というても、このあたりに……、いや、なにより先立つものがない」

少年の父親らしいが、おろおろとした声になる。

「とにかく、この子をおぶれ」

命令するように言うと、浪人者は、あわてて、ぐったりして気を失っている少年を背負った。

「八次郎！」

「はい」

「おまえ、乗庵《じょうあん》先生のところは覚えておろうな」

「はい、堀留町《ほりどめちょう》二丁目の……」

「そうだ。とにかく、この御仁を乗庵先生のところに案内するんだ。急いでな。我らも、とりあえず、乗庵先生のところに向かうでな」

乗庵というのは、かつて勘兵衛が病に倒れていた百笑火風斎《どうめきかふうさい》という老武芸者の診察で知り合い、勘兵衛自身も傷の手当てをしてもらったことのある町医者だが、腕は確かだ。

「では、まいりますぞ」

八次郎が言うと、

「はあ。よしなに……」

少年を背負った浪人が、勘兵衛にぺこりと頭を下げて、八次郎のあとを追った。

その背姿を見送りながら、おきぬが心配そうな声で言った。

「まあまあ、無事だとええんですけれど」

「まことに。いや、思わぬことが起こりました。申し訳ないが、神田の仮寓に向かう前に、まずは、町医者のところに寄りたいと思いますが、かまいませぬか」

異口同音に、そうしよう、そうしよう、とうなずきあった。

八次郎が浪人と行ってしまうと、もう残りは勘兵衛以外、江戸には不案内な者たちばかりだ。

「途中で、はぐれたりしないよう、互いに気をつけてくださいよ」

勘兵衛は、注意をうながしたうえで、まだトドメに手を引かれている幼児に目をやった。

トドメは九歳の少女だが、三歳の幼児の面倒を普段から見ているようだ。

勘兵衛は、幼児の母親である権田小里に尋ねた。

「こちらが、千徳丸さんですね」

「はい」

小里は勘兵衛より一歳下の二十一歳、三歳の千徳丸は小太郎の又甥にあたる。

「町医者のところまで一里半はある。その子の足では無理だろう」

「ああ……。これは気のつかぬことで……。申し訳ございませぬ」

小里が迂闊を恥じたのに、

「わっしがおぶってまいりましょう。おい、おきぬ。この荷物を頼む」

みんなの荷物をまとめて、大風呂敷に包んだのをおきぬに渡しながら、留三が言った。

「では、まいりましょう」

留三におぶられ、にこにこと笑っている千徳丸に微笑んでから、勘兵衛は御行の松の前を通り、小川に沿った道をゆっくりと下っていった。

相変わらず賑わっている上野広小路を抜け、南に下りながら、勘兵衛は、ときおり後ろを振り返って、全員が揃っているかどうかを確かめた。

皆、黙黙と歩いている。

途中、おきぬがもう一度、小太郎に尋ねた。

「ねえ。旦那さまちゅうのは、どちらにいるんだい」

それに対して小太郎は――。

「ですから、積もる話は、のちほどにと申し上げたでしょう。歩きながら、話せることではありません」

というふうに言われてしまうと、さては、なにやら不測の事態が起こったらしい、とは容易に気づく。

今は、おきぬも、そして権田母娘も心のうちで、さまざまな不安が頭をもたげたり、また、それを打ち消したりで胸がいっぱいになっているにちがいなかった。

無言が、そのことを現わしている。

勘兵衛もまた黙黙と歩き、やがて神田川に突き当たると、次は下流に向かい、筋違橋から日本橋への繁華街に入った。

須田町を過ぎようとしたとき――。

「あのう」

権田千佐登が声をかけてきた。

「なんでございましょう」

「［越後屋］さんにご挨拶をしておかなくても、よろしいのでしょうか」

なるほど、千佐登たちが最初に落ち合った呉服問屋の［越後屋］が目の前だった。

勘兵衛は答えた。

「よいのです。寮番どのにも言っておきましたが、［越後屋］への挨拶なら、のちほど、わたしがまいります」

「ほんとに、それでよろしいのでしょうか」

千佐登には、世話をかけたという恩義がある、と言いたそうだった。

「いろいろと事情が絡んでおりましてね。できれば、皆さまの今後の居場所を、［越後屋］には知られぬほうがよいのです。詳しい事情については、のちほどゆっくりと、小太郎どのからお聞きください」

「はあ」

千佐登の表情に、緊張の色が浮かんだ。

よほどのことがあったのだ、と、どうやら覚ったらしい。

男三人に女三人、それに少年少女に幼童の九人、なんとも息苦しい雰囲気で、通新石町、鍋町と、江戸随一の繁華街を進み、やがて八丁堤を越えるころ――。

すぐ間近の本石町の時鐘が、ゴーンと鳴りはじめた。正午である。

その鐘の音に驚いたか、それまで留三の背でぐっすり寝入っていた千徳丸が目をさまし、ぐずって泣きはじめた。

「ああ、よし、よし、大丈夫よ」

小里が留三から千徳丸を受け取り、あやしはじめた。

勘兵衛は、なだめるような口調になって、

「町医者までは、あと五、六町ばかり。それから皆さまの、とりあえずの仮寓となるところも、そこから遠くはございません」

安心させるように言ったのち、

(さて……)

皆の午餐は、どうしたものだろう。

などと考えはじめていた。

4

堀留町は、その名のとおり、西側の伊勢町堀と、東側の東堀留川の掘割が、ここで留まりになる位置にある。

大川（隅田川）から通じる水路で物資が運ばれてくるところだから、さまざまな商家が建ち並ぶところであった。

そんななか、乗庵の医院がある。

乗庵は白皙《はくせき》の学者肌であったが、勘兵衛が、ぞろぞろと大人数で現われたのには、

「いや、こりゃあ、また……」

さすがに驚いた様子で、まずは取次に出てきた乗庵の妻のお稲《いね》に、

「落合さまを玄関先にて、待たせるわけにもいかん。皆さまを奥の座敷にお通しなさい」

と命じた。

「これは痛みいる。ところで……」

「ああ、お子様のことか。いま仙吉《せんきち》が診たてているが、なに、命に関わるようなことはないので、ご心配はいらぬ。詳しくはのちほど……」

仙吉は乗庵の弟子だが、乗庵の薫陶よろしく、なかなかの腕だと聞いている。

「では、落合さま、皆さま、こちらへ……」

玄関から衝立の横をすり抜けるように、お稲が廊下を渡って一行を案内した。

腕のいい乗庵の客は、近隣の大店《おおだな》の主たちがほとんどで、その分、他の町医者に比

べて値が張る。

それで、庶民たちが、気楽にやってくることはなく、いつも空《す》いている。

一行が中庭の見える座敷に通されて、しばらくすると、小女《こおんな》が茶菓を運んできて、そのあとから八次郎もやってきた。

「どんな具合だ」

さっそく、勘兵衛が尋ねると、

「はあ。風邪であろうとのことでしたが、それよりも栄養状態が非常に悪く、そちらのほうが問題だ、と仙吉どのが言うておりました」

「ほう」

「あの浪人、坂口喜平次《さかぐちきへいじ》というそうですが、つい半年前までは浜松藩の家士であったようです。それが、よんどころない事情で江戸に出てきたが、持参の金も底を突き、この数日間は、ろくな食事もとれずにいたとか……」

「ふうむ……」

浪人となって、まだ半年ということであれば、この江戸で生活《たつき》をたてる術《すべ》さえわからぬのかもしれぬな、それも、まだ幼い子供を抱えているとなればなおさらだ、と勘兵衛は痛ましさを覚えた。

それにしても、なにゆえ坂口、口を糊《のり》する努力まで放棄して、半月以上も［越後屋］の寮など見張り続けていたのだろうか。

（たしか……）

菱川なんとかという絵師を探していたようであったが……。

またまた勘兵衛のうちに、世話焼きの血が騒ぎはじめたようだ。

そういうことを放ってはおけない血の熱さが、勘兵衛にはある。

「で、その坂口どのは、どうしておる」

「はい、子供の手を握ったまま、潮垂《しおた》れております」

「そうか」

子が可愛くない父親はいない。

「それよりな、八次郎」

「はい」

「そろそろ、昼どきだがなあ」

「そうですね」

田所町の［和田平］は、ここから目と鼻の先だが、事情あって、勘兵衛としては足が向かない。

となると、近くのめし屋か、蕎麦屋かなどと考えているところに、乗庵がやってきた。

「お世話をかけて、すみませぬ」

「いや、いや、それはいいのだが……」

「なにか悪いことでもございましたか」

「そういうことではない。薬も調合しておるが、あの子を、このまま帰してしもうてもよいものかと思うてな。しばらくは静養するにしても、あの栄養状態では、先が思いやられる。親父どのに聞けば、住まいは農家の納屋を借りているそうな」

「そこまで、貧窮しておりましたか」

「うむ。それでな。こちらも、乗りかかった船じゃ。あの子が元気を取り戻すまで、しばらくここで面倒を見てやろうかと思っておるのだが、いかがかのう」

「いや。そう願えれば、わたしも安心。ほんとうに、それで、よろしゅうございますか」

「もちろんだ。それに、聞けば、あの坂口どの、落合さまとは縁もゆかりもないそうじゃが、話してみれば、そう悪い御仁でもなさそうじゃ。雑用にでもなんにでも使ってくれと言われるんでな。父子まとめて面倒を見ようかと思うておる。父子離ればなれというのも気の毒だからなあ」

「いや。とんだ面倒をおかけすることになります」

「なんの。ちょうど古くからおった雑用係が年老いてやめたところで、代わりをつとめる手ができたなら、わたしとしても助かるのだ。いや、お武家を下男がわりにしては申し訳ないのだがな」

　と、いうことになった。

「では、先生。わたしはほかに所用もあり、とりあえず、そちらのほうをすませてまいりますが、またのちほど、お邪魔をいたします」

「そうかい。だが、療養費のことなら懸念はいらぬぞ」

「いえ、そういうわけにはまいりません」

「はは……。相変わらず律儀なお人だ」

　乗庵が静かに笑い、

「では、皆さん。失礼をいたしましょうか」

　勘兵衛が声をかけて、乗庵宅を出た。

「中食のことですが」

　さっそく八次郎が言う。

剣の稽古は忘れても、食うことだけは、なにがあろうと忘れぬ男である。

「紺屋町への道すがら、大伝馬町から近い大横町に、ましなものを食わせる料理屋がありますよ」

「ほう。よく知っておるな」

「猿屋町のころ、［高山道場］に稽古にまいった折に、横田《よこた》さんから教えられました」

「おう、作州浪人の横田真二郎《しんじろう》さんか。また、懐かしい名を聞くものだ」

横田真二郎は、割元［千束屋］の用心棒であり、［高山道場］にもときどき顔を出しているが、もう一年以上も会っていない。

「じゃあ、そこにしようか」

「そういたしましょう。皆々さま、御先導をつかまつる」

八次郎が元気な声で言った。

これから向かう大横町は、神田と日本橋界隈を南北に貫く六間幅の通りの通称であった。

伊勢町河岸への道をたどりながら、勘兵衛は八次郎に小声で尋ねた。

「横田さんに教えてもらった、と言うたが、たかられたんじゃないのか」

「ええ、まあ」

八次郎が頭に手をやった。

横田真二郎は好人物だが、酒飲みで、いつもピーピーいっていた男だ。

(元気でいような……)

勘兵衛が、そんなことを思っている間にも、

「あ、こちらです」

小ぎれいな料理屋の前で、八次郎が店を指さした。

5

幸い紺屋町の陰宅に日高信義は在宅しており、縣小太郎をはじめ、権田の母娘を引き合わせた。

今後の話し合いは、日高信義に一任し、

「ときどきは顔を出します」

日高に告げて、勘兵衛と八次郎は、再び堀留町に引き返した。

坂口喜平次と、七歳になるという喜平次の伜の喜太郎は、乗庵宅の二階の一室を与えられていた。

布団で喜太郎は、ぐっすり眠っており、喜平次は枕元に置かれた小さな水盥《みずだらい》で、熱冷ましの手拭いを取り替えているところだったが――。

勘兵衛の姿を見るなり、坂口は身体をずらして蟹のように平伏した。

「いや。こたびはなにからなにまで……。この坂口、このご恩は一生忘れまじく……」

「これ、坂口どの。そんな礼などはいらぬことだ。それより、ほれ、その濡れ手拭いを、早うおでこに乗っけてあげなさい」

「はあ、はい」

頭を上げ、濡れ手拭いを子供の額に置いた坂口が言う。

「なには、ともあれ。貴殿のお名をお教えくださいませぬか」

「おや、こちらの乗庵どのから、お聞きではなかったか」

「はあ、尋ねはいたしましたが、ご本人からお聞きなされ、と断わられてしまいました」

これまでの経緯から、勘兵衛が担う役目がなまなかなものではない、と乗庵は察していたのだろうか。

「わたしは、落合勘兵衛と申します」

「落合勘兵衛さま。で、もうお一方は？」

「若党をつとめる、新高八次郎と申す」

八次郎が胸を張った。

「はあ、若党……。ということは、落合さまは、あるいはお旗本か……。それとも、いずくかの御家中でござろうか」

次には、身分調べに入った。

勘兵衛は苦笑して、

「いや。坂口どの。元より隠し立てするようなことではないが、当方としても、そなたのことは、元は浜松藩士、やんごとなき事情があって、半年前にこの江戸に出てきたとしか知らぬ。なにやら事情がありそうな。あるいはわたしで、手助けができることもあるやもしれない。そのあたりを、まずはお話しくださいませぬか」

「はあ、さよう。さようでござったな」

坂口は、しばし考え、伜の寝顔をまじまじと見た。

喜太郎は、ぐっすり眠り込んでいる。

「では、ちと、こちらのほうで」

窓のある、部屋の片隅に勘兵衛たちをいざなった。

喜太郎の耳には、入れたくない話のようだ。

そして――。

口を開いた。

「恥を忍んで、お話しいたします。拙者が、この江戸の地に舞い戻ったのは、妻敵《めがたき》討ちが目的でございます」

「妻敵討ち……」

思わず勘兵衛は、繰り返した。

話には聞いていたが、ほんとうにそんなことがあるとは初耳だ。

「先ほども申しましたとおり、拙者は遠江《とおとうみ》浜松藩三万二千石の家臣で、四十石の家禄をいただく勝手掛でございましたが……」

四年前の延宝元年（一六七三）師走、浜松城主の太田《おおた》摂津守《せっつのかみ》資次《すけつぐ》は、幕府奏者番に兼任して寺社奉行に任じられた。

「そのため、殿は江戸定府となり、拙者にも、その翌年に江戸詰の沙汰が下りて国許を離れ、神田橋御門外にある藩邸の長屋暮らしと相成りました」

延宝二年に浜松を離れるとき、坂口は二十七歳、老いた母と二十二歳になる妻女の久栄《ひさえ》、そして四歳になる喜太郎が国許に残った、と話は続く。

「江戸詰も、せいぜいが一年か二年と踏んでおりましたのに、これが一向に帰国のお許しが出ず、とうとうまる三年が過ぎた、この二月の初めのことでございます」

　坂口は、国許から使いできた同朋から思わぬことを聞いた。

「妻の久栄は、多少の絵心がございましたが、たまたま城下に旅の絵師がとどまり、何人かの同好の士が、その絵師から手ほどきを受けておりましたるところ、妻とその絵師がただならぬ仲になった、と……。それも、今ではご城下で知らぬ者がないほどの噂になっていると聞き及んだのです」

「ふうむ」

　勘兵衛は、思わず嘆息の声をあげ、八次郎は八次郎で溜め息をついた。

「そのようなことを耳にしては、矢も盾もたまらず、お許しを得て急ぎ国許に戻りましたるところ……」

　妻を問いつめると、久栄は素直に不義を認めた。

「拙者もさすがに頭に血が昇りましたが、できれば、家名を汚したくもないし、事《こと》を大きくしたくはない。なんぞ、よい手だてはないものかと、久栄に不義の相手のことを確かめました」

（ふむ、それが菱川なんとかという絵師だな……）

勘兵衛は、そうと察しをつけたが、口は挟まず坂口の続く話を聞いた。

「すると、城下の［尾張屋］という油問屋に滞在している江戸からきた絵師で、名は菱川道房と明かしました。そこで、とりあえずはその絵師を呼びつけようとしたところ、久栄がとんでもないことを言うたのです」

そこで坂口は感極まったか、握りしめた拳をぶるぶると震わせ、しばしの沈黙が続いた。

「…………」

勘兵衛は、ただ静かに待った。

やがて坂口は、再び口を開いた。

「久栄が言うには、菱川なら、もうとっくに逃げた、と言うのです。そこで拙者、なるほど、おまえと絵師との不義密通が城下の噂として広まって、それで絵師は逃げたのだな、と問いつめたところ……」

そうでは、なかった。

実は、久栄は懐妊し、それで菱川という絵師に駆け落ちを迫ったところ、絵師は一人で逃げ出してしまったらしい。

勘兵衛の横で、八次郎がまたも大きな溜め息をついた。

「そう言われれば、久栄の腹が膨らんでおる。たとえ不義が事実でも、離縁してすませることもできる。そうも考えていた拙者ですが、事ここにいたっては、もうきれいごとではすまぬ、と決意いたしました。久栄は久栄で、絵師に逃げられたあと、自決も考えたが、こうしておまえさまを待ったのは、拙者の成敗を受けるつもりだった、と申します。そこで……」

飯田町・九段坂

1

坂口は、妻を刺し殺した。

その足で坂口は藩庁へ出向き、妻を生害《しょうがい》した事実と、その理由を述べて、これより七歳になった一子、喜太郎とともに妻敵討ちに旅立つ旨を告げて、暇乞《いとまご》いを申し出た。

そして、坂口が屋敷へ戻ってみると――。

「なんと責任を感じてか、我が母上が自害して果てておりました」

「なんと……！」

悲劇の連鎖が起こったのである。

「久栄の遺骸は実家に引き取らせ、ささやかながら老母の弔いをしておりましたら、藩庁も哀れみを感じられたか、妻敵討ち成就の暁には復職させるゆえ、必ず届け出よ、との書状をお届けくださいました」

「なるほど、そのような事情でしたか」

坂口は、菱川道房が江戸からきた絵師、という、ただ一点の手がかりから江戸に舞い戻った。

そして最初に、南北の両町奉行所に〈妻敵討ち〉の届けを出した。

この届けさえ出しておけば、首尾よく敵《かたき》を討ったとき、殺人の罪には問われないからである。

「で、どうして、その絵師が、あの根岸の寮にいると思われたのですか」

勘兵衛は、肝心な点を確かめた。

「はあ、この半年の間、紆余曲折《うよきよくせつ》はございましたが、菱川を名乗るのであれば、近ごろ江戸で売り出し中の菱川師宣《もろのぶ》の弟子であろうと考えまして、「鱗形屋《うろこがたや》」や「松江屋」や「山形屋」といった、大きな書肆《しよし》を尋ね歩き、ようやく菱川師宣が橘町に居を構えていることを探り出し……」

訪ねていったが、師宣本人には会えず、かわりに相手をしてくれた師宣の長男の師《もろ》房《ふさ》が言うには――。

――はて、菱川道房を名乗る門人には心当たりがない。なにしろ門人の数が多すぎてなあ。第一、父の人気にあやかって、勝手に菱川某《なにがし》を名乗る偽物も多いのですよ。

とのことであった。

のちに〈浮世絵の祖〉とも呼ばれる菱川師宣は、このころ江戸随一の売れっ子絵師だったのである。

坂口は続けている。

「しかしながら、手がかりはそこしかない。そこで、それがし、やむなく喜太郎の手を引いて橘町に通い、師宣の画塾に出入りする者を、片っ端からつかまえては、道房のことを尋ねました」

「話の腰を折るようで悪いが……」

ひとつ疑問を感じて、勘兵衛は口を出した。

「橘町に通っていたのなら、肝心の菱川師宣にも会えたでしょう。道房がほんとうに師宣の門下ならば、師が覚えていないわけがない」

「いや、それが……」

坂口は、ひとつ大きな溜め息をつき、

「肝心の菱川師宣はというと、あちこちの芝居小屋に入り込んで画《え》を描き、めったに画塾のほうへは戻ってこない、ということでしてなあ」

「さようか。それでは、どうにもなりませぬな。いや、申し訳ない。続きを聞きましょう」

「はい。そうしているうちに、どうにか一人、道房は、この二年ばかり姿を見せぬが、たしか神田須田町にある呉服問屋［越後屋］の食客になっていると聞いた、との情報を得ましてな」

それで坂口は勇躍、［越後屋］を訪れたが、尾羽《おは》打ち枯らした子連れの浪人など、まともに相手にしてくれない。

「そこで小女《こおんな》をつかまえて聞いたところ、たしかに菱川道房という絵師は、昨年の春過ぎまで、ここにいたが、主の勘気に触れて、根岸の寮のほうに移された、ということでな……」

「なるほど、それで、あの寮を見張っておられたのか」

「さよう。我が国表《くにおもて》から逃げ帰ったのちは、おそらくは、あの寮に隠れ住んでおるのだろうと考えたのだ。もし、そうでなくとも、いつかは元の塒《ねぐら》に戻るはずと踏んでな。それで毎日、見張っておったのよ。ところが、そんなさなか、先ほどの……、いや、落合どのとどのようなお知り合いかは知らぬが、あの女子供たちが寮に住みつかれたのには驚いた」

「なるほど、しかし、あの寮には寮番がおったろう。絵師が、その寮にいるかいないかは、寮番に尋ねたほうが早かろうに……」

勘兵衛が問うと、坂口は垢じみた首に手をやり、うん、うん、とうなずくようにして、

「いや、それがしも、よほどにそうしようかとも考えた。しかし、道房めが、もしあの寮に潜んでおったなら、寮番からそのことを聞き、尻に帆かけて逃げ出されればあとの祭りじゃ。なにしろ見張るとはいえ、一昼夜というわけにはいかぬでのう」

それは、そうかもしれない。

「ところで坂口どの、その菱川道房とやらの、人相風体《ふうてい》はわかっておるのでしょうね」

「もちろんだ。そうでなければ見張っておっても、なんにもならぬ。菱川道房は中肉中背の優男《やさおとこ》で、唇の右端に黒子《ほくろ》があると聞いた。一目見れば、わかろうほどに……」

坂口は、わずかに四十石の俸禄だから、ろくな貯えもなく、頼るべき縁戚もなかっ

た。

わずかな路銀を懐に江戸に出てきたのちは、江戸藩邸のある不忍池南の畔から遠く離れた川向こう、本庄松井町の裏長屋に腰を落ち着けたそうだ。

妻に不義をはたらかれた身を恥と感じ、かつての朋輩たちと顔を合わせたくはなかったのであろう。

そして、根岸の寮という目標を見いだしたのちは、寮から遠くない金杉村の農家の納屋を、わずかな賃料で借りて父子二人で住み着いた。

だが、すでに、ほとんど文無しとなって食うものにも事欠く生活に落ち込んでいたらしい。

「あいわかった」

聞くだけのことを聞いた勘兵衛は、

「こうして知り合ったのも、なにかの縁でございましょう。わたしは、越前大野藩の家士でございます」

改めて自分の身分を明かしたうえで続けた。

「坂口どのが追われる、菱川道房のことは心にかけておきましょう。で、我が江戸屋敷は愛宕下にございますから、なにか、困ったことがござれば、江戸屋敷江戸留守居の若党をつとめる、新高八郎太という者をお訪ねください。八郎太どのは、この八次郎の兄にあたりますゆえ、きっと連絡《つなぎ》がつきましょう」

「いや、ありがたい。ええと、藩邸は愛宕下、江戸留守居役さまの若党で、新高八郎太さまでございますな」

坂口は、繰り返して、頭にたたき込んでいる様子だ。

「では、我らはこれにて失礼をいたす。どうぞご子息を労《いたわ》られてください。一日も早い本復を祈っております」

再び平伏する坂口を背に部屋を出た。

そして乗庵に治療費を払ったあと、

「あの父子《おやこ》のこと、よろしくお頼み申します」

と、再び礼を述べたのちに、つけ加えた。

「それから、わたし、以前に先生をお呼びした、浅草猿屋町の町宿から転居をいたしております。今は、芝の露月町の裏、通称日蔭町と呼ばれるところに住んでおります」

「ほう。御転居をな。なにかござったか」

「いいえ、実は、嫁をもらいまして」

「そりゃあ、めでたい。ふうん、そりゃあよいなあ」

「つきましては、あの坂口父子のことで、なにかございましたら、たとえ不始末なりとも、ご遠慮なく、お申し出ください。我が家は、その路月町裏の、土岐哲庵《ときてつあん》という町医者の隣家でございます」

「こりゃあ、念の入ったご挨拶を痛みいります。いや土岐哲庵どのは、わたしとちがって本道（内科の漢方医）の医者ですが、腕のほうは、たしかなお方と聞き及びます。その隣家とあれば、なにかと安心でございますぞ」

南蛮医学を学んで、内科も外科もこなす乗庵だが、土岐哲庵の名を知っていたようだ。

2

「いや、それにしても驚きました」

乗庵宅を出ると、さっそく八次郎が言った。

「いや、俺も驚いた。まさか、妻敵討ちとはなあ」

「ところで、これから、どちらへ？」

勘兵衛が伊勢町堀に架かる道浄橋《どうじょうばし》を渡らず、まっすぐ河岸を東に向かうのに、八次郎が尋ねてきた。

町宿に戻るつもりならば、道浄橋を渡るほうが近い。

「決まっておろう。［越後屋］に挨拶だ」

「えっ、本気で挨拶に行かれるつもりだったのですか」

「千佐登どのにも、そう約束したではないか」

「いや、しかし……」

越前大野の城下町で、その［越後屋］の出店を装っていた［越後屋］は、越後高田藩の刺客の巣窟であった。

それを知っている八次郎にすれば、まるで敵地に乗り込むような心地になっているようだ。

勘兵衛は、澄ました顔で言った。

「挨拶のついでに、もうひとつ用事もできたでなあ」

「は、はあ」

八次郎が、腰の引けたような声になった。

「ところで八次郎、［越後屋］にては我が藩名を出すではないぞ」

「と、言いますと……。ははあ、越後高田を騙《かた》ろうということでございますか」

「馬鹿を申せ。騙りなどはせぬ。おまえは終始、その口を閉じていればよい」

「わかりました」

伊勢町河岸を進み、浮世小路《うきよしょうじ》を抜ければ日本橋通りの室町《むろまち》三丁目に出る。

その通りを北進すれば、通りが尽きるあたりの須田町に［越後屋］はあった。


やがて［越後屋］の店前に着いた。

ためらうことなく勘兵衛は、暖簾《のれん》をはねて店内に入った。

店内は、けっこう賑わっている。

「いらっしゃいませ」

紺の前垂れをつけた手代らしきものが迎えた。

「主の、利八どのはご在宅か」

勘兵衛は、高飛車に言った。

「はあ、あのう、どちら様でございましょう」

というところをみると、在宅しているようだ。

「それについては、番頭どのに話そう。番頭はおるか」

「ちょいとお待ちくださいませ」

手代は、店座敷結界の中に座る男に、なにごとか言い、男が出てきた。

「番頭の、吉兵衛《きちべえ》と申します。主人に、なにか御用でございましょうか」

「用があるゆえ、まかりこしたのだ。事情あって、名は言えぬ。ただ、この家の厄介《やっ》になったのち、今は根岸の寮に移されている者どもについての話である。お取次をお願いする」

「ははあ、さようでございましたか。ああ、しばし、この店床にでも腰かけてお待ちくだされ。すぐに取り次いでまいりますほどに」

「うむ。造作《ぞうさ》をかけるな」

勘兵衛は、あくまで傲慢な態度で接した。

おそらく番頭は、勘兵衛主従を越後高田藩の家士と、勝手に勘違いしたにちがいない。

やがて、番頭が戻ってくると、どうぞこちらへと奥に案内した。

座敷では、豆狸のような中年男が待っていた。

そして——。

「主の利八でございます」

挨拶してくるのに、「うむ」と顎を引いただけで勘兵衛は、さっそく本題に入った。

「番頭の吉兵衛にも申したが、越前大野より書状を携えて、ここにて預かっていただいた、あの家族のことだ」

「はい、はい。たしかにお預かりしております」

「そのことだ。実は事情あって、本日、あの者たちは根岸の寮より引き取った。きょうは、その挨拶にまいった次第である」

「ああ、さようでございましたか。それは、わざわざ、おそれいります」

なにやら、利八は、ほっとしたような表情になった。

「用というのは、そのことだけだが、ついでのことだ。もうひとつ、そなたに聞いておきたいことがある」

「ははあ、なんでございましょう」

利八が心配げな表情にかわり、小首を傾げたとき小女が座敷に茶を運んできた。

だが勘兵衛は、それには手もつけず、小女が去るのを待ってから言った。

「ちらと耳にいたしたのだが、この家《や》に絵師の菱川道房が食客でおったようだな」

すると利八は目を丸くして、

「ははあ、どこからお耳に入ったのかは存じませぬが、はい。ええと、あの道房が、なにやらしでかしましたか」

「そういうことではない。では、その話にまちがいはないのだな」

「はあ、たしかに、その絵師は、なんと言いますか画《え》が気に入りまして、ここに住まわせ食い扶持がわりにあのような……」

利八が短い首を巡らせた先に、小ぶりな屏風があった。

松と丹頂鶴が描かれている。

「こういったものを描かせておりましたのですが、さよう、ここには一年と少し……。いやいや有り体《ありてい》に申しますと、あの道房、まことに女癖が悪うございましてな。うちの女中に手をつけた、くらいまでは許せましたが、末娘にまで、ちょっかいを出しはじめましたので、根岸の寮のほうに移ってもらったのです。しかし、昨年の夏にはなんの挨拶もないまま、姿を消してしまいました」

「すると、今はどこにおるとも知らぬわけか」

「はい、はい。どこでどうしておりますやら。わたしにはわかりません」

利八は首を振った。

「さようか。ならばいいのだ。いや、手間をとらせた。失礼をいたす」

勘兵衛は、八次郎に目配せすると、席を立った。

つまりは坂口、［越後屋］の小女から中途半端な情報を引き出したために、ずいぶんと無駄な見張りを続けたことになる。

3

三日ののち――。

勘兵衛は、江戸留守居役御用部屋での勤務を午前で切り上げて、午餐ののち江戸屋敷を出た。

若党部屋で待機していた八次郎が空を見上げ、

「いやあ、快晴でございますなあ」

「うむ。秋らしくなってきた。ところで八次郎、俺は、ちと田安御門あたりに所用があるのだが、おまえは、乗庵先生のところに行って、坂口どのの様子や、ご子息の具合を見にいってはくれぬか」

「承知しました。で、土産はいかがいたしましょう」

「それは、まかせよう。乗庵先生ばかりではなく、子供の菓子も忘れるな」

「わかりました。ええと……」

さっそく、八次郎は、桜川に沿う愛宕下通りを北へ、勘兵衛と肩を並べて進みながら、土産をなににしようかと思案をしている。

「で、坂口どのにはな」

「はい」

「先日、[越後屋]の主から聞いたことを知らせてやれ」

「ああ、菱川なんとかという絵師のことをですか」

「そうそう。いやあ、しかし、それを聞いたら、さぞや坂口さんは、がっかりするでしょうね」

「菱川道房だ」

「そうだな。しかし、黙っておくわけにはいくまい」

「その、菱川道房を、なんとか探し出す手だてはないものでしょうか」

「うむ。俺もそう思って、松田さまに相談してみた。なにしろ、顔の広いお方だからなあ。あるいは菱川師宣に伝手《つて》でもありはせぬかと期待したのだが、さすがの松田さまも、さあて、と首をひねられただけじゃ」

「そうですか……」

実は、八次郎には言えないことだが、松田はこんなことを言った。

——じゃが、菱川師宣の枕絵なら、この春に出た〈小むらさき〉というのを入手しておるぞ。もっとも町奉行《おかみ》を恐れて、菱川吉兵衛《きちべえ》などと偽名を使っておるがな。うん、これがな、なかなかの出来じゃ。どうじゃ、貸してやろうか。

そして、ひゃっひゃっと奇妙な声で笑ったものだ。

——ご冗談を。そんなもの、必要はございません。

——そうかえ。園枝どのも喜ぶかもしれんぞ。

などという、たわいもないやりとりがあっただけだ。

「そうだ。やはり［桔梗屋《ききょうや》］の萬歳餅にいたしましょう」

八次郎が自分の好物を言うのに、

「さて、そいつは考えものだぞ」

勘兵衛は答えた。

「いけませぬか」

「いかん、というわけではないが［桔梗屋］は［越後屋］の斜め向かいではないか。まだ顔を覚えられておろう。当分は、あの近辺をうろつかぬが得策ではないかな」

「あ、そうでございました。いや、こりゃあ、迂闊なことで……。くわばら、くわばら」

愛宕下通りから右へ、佐久間小路に曲がりながら、八次郎は首をすくめた。

そして――。

「では、仕方がない。照降町《てりふりちょう》の［翁屋《おきなや》］の翁せんべいにいたしましょう」

食いしん坊の八次郎は、江戸の菓子屋のことごとくを知っているような口ぶりで言った。

「それより、旦那さま」

「なんだ」

「ついでのことに、小太郎の様子も見てまいりましょうか」

「いや、まだ三日だ。小太郎が国許での事情を説明し、みな、悲嘆に暮れておることであろう。落ち着くには、いましばしの刻《とき》が必要かと思うぞ」

「そう言われれば、そうですなあ。いやあ、縣茂右衛門どのが腹を切って死んだと知って、さぞや悲嘆に暮れておりましょうな」

八次郎が、シュンとなった。

「それより八次郎、使いのちは、お母上のところに顔を見せてきてはどうじゃ。おまえが長らく江戸を離れてより、まだ帰参の挨拶もしておらぬであろう。お母上も心配をしているはずだ」

「あ、よろしゅうございますか」

「なんの遠慮がいるものか。ゆっくりとしてこい」

八次郎の父は、松田与左衛門の用人として、ほとんどを松田の役宅で寝起きしているが、藩邸からほど近い、新《あたら》シ橋の近くに町宿を持っていた。

その町宿には普段、八次郎の母が一人で住んでいるのだ。

とたんに八次郎に元気がよみがえり、歩調にも勢いが出た。

やがて新橋（のち芝口橋）に近づいた折には再び空を見上げて、

「それにしても上天気だ。実に爽やかです」

天に両腕をあげて、伸びまでした。

さらには――。

「まもなく十五夜ですが、きょうのような天候だとよいのですが」

と言う。

「そうか十五夜か……」

勘兵衛も、つぶやくように言って、ふと園枝のことを思った。

(江戸で、初めての月見なのだが……)

園枝には、このところ、いろいろと心配やら苦労をかけている。

長らく江戸を離れていて、ろくに江戸の見物もさせていない。

「なあ、八次郎。月見の名所といえば、どれほどあるな」

「そりゃあ、いろいろとございますよ。近くならば愛宕山、あるいは上野のお山に、浅草の待乳山《まつちやま》。湯島天神に、神田明神。芝の高輪《たかなわ》に、洲崎あたり。大川に船を浮かべて……というのもございます」

「ずいぶんとあるものだな」

「それより、旦那さま、八月十五日といえば、富ヶ岡八幡宮の祭礼日でございますよ。まだ、旦那さまは見物をなされたことが、ないのではございませんか」

「ふうん。賑やかな祭りか」

「そりゃあ、もう。山王祭や神田祭ほどではありませんが、流鏑馬《やぶさめ》もありますし、産子《うぶこ》の町町から練物《ねりもの》の踊り屋台や山車《だし》もたくさん出て、それは賑やかなもので……。というて、わたしも、もうここ何年も見物してはおりませんが……」

そそのかすような口ぶりになった。

「そうなのか」

(そういえば……)

この三月、あれは純粋な祭見物ではなかったが、越後高田藩の賊どもの面体《めんてい》を確認すべく、勘兵衛は、偽装のために妻の園枝などを三社祭に連れ出したものだ。

そのときのことを園枝は、しみじみと――。

――きょうのように、胸がはずみましたのは、初めてのことでございます。

と、感想を漏らしたものだ。

園枝の胸がはずんだのは、あるいは祭の見物のせいか、それとも夫が関わる機密の一端に触れたせいか、そのあたりはわからない。

その後、勘兵衛が長らく江戸を離れるということもあってか、松田の好意で、勘兵衛は園枝とともに［市村座］で、初めて江戸の大芝居を見物した。

（それに……）

八次郎も、故郷の大野では多忙な日日を送ったことでもあるし……と、勘兵衛は思った。

たまには、その労苦をねぎらってやらねばなるまい。

「じゃ、八次郎。その日は総出で、富ヶ岡で遊ぼうか」

「え、まことでございますか」

八次郎は、たちまち喜色満面になった。

やがて、二人が新両替町四丁目にかかったとき、勘兵衛は言った。

「八次郎、田安御門へは江戸城堀沿いに行くのが近い。ここらで別れようぞ」

「わかりました。お気をつけて」

勘兵衛が左に折れたその先には、有楽原《うらくはら》と呼ばれる広場があって、堀には数寄屋橋《すきやばし》が架かっている。

4

数寄屋橋を渡れば南町奉行所があって、外堀の内側に沿って行くほうが、田安御門へは近い。

だがあえて、勘兵衛は堀の外側の道を選んだ。

内側には、各御門ごとに大番所があるし、北町奉行所や、評定所などの幕府施設が点在する。

なかには勘兵衛の顔を見知っている者もいるし、動向を知られたくなかったからだ。

八次郎には、田安御門の近くに所用がある、と曖昧なことを言ったが、具体的な行き先は九段坂にある諸国箸問屋［若狭屋］であった。

九段坂へは一石橋《いちこくばし》を渡り、鎌倉河岸を抜けてと、ほぼ江戸城の外堀を半周しなければならない。

先日、日高信義から天敵、山路亥之助が越前小浜にいて、条蔵という若狭箸の職人が一緒だと聞いた。

いかにも、そぐわない取り合わせに、首をひねったものだ。

それで、若狭箸を江戸で一手に取り扱っている［若狭屋］を訪ねてみようか、と考えたものだが、熟慮をすれば、それは弟が仕える大和郡山藩本藩の問題であった。

いわば他藩である。

そんなところまで、首を突っ込んでいいものか……とも思ったが、一応は上司の松田の耳に入れておいた。

――ふうむ。そりゃあ、たしかにおかしなことじゃなあ。

松田は、しばしの思案の末に、

――どうも気になる。というて、おまえを小浜まで行かせるわけにはいかんしなあ。

――は？

――いやいや、園枝どのを妻としたからには、亥之助はおまえにとって、義兄の敵《かたき》、討ち取ってやりたいと思うのは山山であろうがの。

園枝の兄の塩川重兵衛《じゆうべえ》は、国許に侵入した亥之助と闘い、命を落とした。

——たしかに憎い敵ではございますが、小浜にまで出向いて討ち取るなどとは、考えておりません。いずれは、この江戸に戻ってまいりましょうほどに、それまでは待つ所存です。わたしが気になっておるのは……。

——わかっておるわ。亥之助が、若狭箸の職人と、なにゆえ一緒におるのか、ということであろう。じゃが、その理由を調べようにも、どうにもならぬではないか。それとも、おまえに、なにか存念でもあるのか。

——はあ、実は、その若狭箸を、この江戸にて一手に引き受けている箸問屋に、いささか面識がございます。そこにて、その条蔵なる者の正体を尋ねれば、あるいは、とも考えておりますんですが……。

——ほう、そのような者と、いつ知り合うたのじゃ。わしゃ、まるで知らなんだが。それはそうであろう、大目付の大岡忠勝と密談のことも、そして［若狭屋］のことも、勘兵衛は自分の胸ひとつに収めてきたのだ。

松田は続けた。

——そのような者がいるのなら、ぜひにも尋ねてみてはどうじゃ。もしなにごとかわかれば、弟御の手柄にもなろうし、なにより日高信義どのの、恩義にも報いられよう。ぜひ、そうしろ。

最後は、命ずるような口調になったものだ。

一橋御門前《ひとつばしごもん》、雉子橋《きじばし》御門前と通過すると、道筋は江戸城外堀から分岐した飯田川沿いに変わる。

そこから最初の橋を、俎板橋《まないたばし》という。

古くは魚板橋と呼ばれていたそうだが、付近に御納屋があって、御台所の者が多く住んでいたことから、いつしか俎板橋と名が変わったそうな。

橋を渡ったあたりが飯田町、西の田安御門の方向に飯田坂が伸びていく。

ところがこの坂、あまりに急坂だったため、牛馬の通行が禁止されていたのだが、幕命によって階段坂に普請直しがおこなわれた。

それが九段、以来、九段坂と呼ばれるようになったのだそうだ。

その階段坂を、一町半ばかりも上ると、［若狭屋］の〈諸国塗箸、利久、数寄屋、竹、白木、各種取揃候〉と書かれた店頭の置き看板が見えた。

5

翌日、勘兵衛が松田役宅に顔を出すと、さっそくに松田が尋ねてきた。

「箸問屋のほうは、どうであったな」

「はあ」

勘兵衛は苦笑した。

「店の主人に話しはしましたが、いかに江戸にて若狭箸を一手に引き受けている、とは申しましても、小浜にいる、一介の箸職人のことなど知る由《よし》もなく……」

「そりゃ、そうじゃ。いやいや、寄る年波ともなると、つい気が短うなってなあ。で……？」

なるほど。気が短い。

「その条蔵とかいう職人については、手を尽くして調べてくださることになりました。しかし、しばらく日時はかかりましょう。調べがついた折には、知らせてくださるとのことでございました」

「そうか。そりゃあ、待つより手はないな。ところで勘兵衛、一昨昨日《さきおとつい》に芝・高輪に帰着した若君のことだ」

「どうか、いたしましたか」

「おまえの迎えがなかったと、ご機嫌斜めだそうだ。すぐにも顔を見せろとのことだ」

「やれやれ」

「そう邪険にするものでもない。まあ、顔を見せてやれ」

「そうですなあ」

「いずれはわしも隠居して、この江戸留守居の役は、おまえに継いでもらわねばならんのだ。それに大殿さまもご高齢ゆえ、畏《おそ》れながら、いつぽっくりと逝《い》かれるともしれぬ。となると、若殿さまが、そのあとを継ぐ。仲良うしていて、損はないぞ」

松田は、いつの間にか、自分の後継を勘兵衛にと決めている。

「そう。それから、もうひとつあった。こちらは、慶事じゃ」

「どのような？」

「うん。きのうの午後だが、比企藤四郎が訪ねてきた。おまえが他出中と知って残念がっておったわ」

「ほう。比企どのが」

比企藤四郎、元は越前福井藩の家臣であったが、脱藩して松平直堅につき、今はその用人を務めている人物だ。

縁あって、勘兵衛の町宿が猿屋町にあったころ、しばらく居候をしていたこともある。

「なんでも、若年寄の堀田正俊《まさとし》さまから呼び出され、まだ正式の決定ではないが、と釘を刺されたうえで、いよいよ近く知行一万石が下されよう、ということだ。その折には拝領屋敷も下されよう、と言われたそうでな」

「おや、一万石の知行ですか。すると、大名として認知されるということですね」

これまでは合力米という名目であったが、合力米と知行では雲泥《うんでい》の差があった。なにしろ合力米というのは、施しの意味合いが強い。

「まあ、そういうことじゃや。なんでも、この十一月ごろのことらしいが、いや、比企藤四郎にすれば、これまでの苦労が報われた思いであろうな」

松田が、しみじみと言うのを聞きながら、勘兵衛は、ふと、松平直堅の子を懐妊しているという、おしずのことを思った。

もし、直堅が大名と認められれば、おしずは正室までは無理であろうが、少なくとも大名家の御腹さまとなる。

[千束屋]の政次郎も、もって瞑《めい》すべし、だなと勘兵衛は思った。

(もし、直堅に幕府より正式の沙汰が下りたときには……)

比企のところと、政次郎のところに、祝いの品ひとつなりとも、持参せねばなるまいな、と勘兵衛は考えていた。

「それはそうと堀田さまのことじゃ」

松田が話題を変えてきた。

「若年寄の……？」

「うむ」

堀田正俊は、老中の稲葉美濃守正則の伝手で、まだ権蔵といっていたころの直堅の後盾となってもらうべく、松田が一度、面談の機会を得たことがある。

勘兵衛も、会う機会が一度あったのだが、堀田の都合で、実現はしなかった。

だが、その堀田正俊について、松田の口から、

——堀田さまというのは、目から鼻に抜けるような御仁でな……、それがいささか気にかかる。

と評したことは、鮮明に覚えている。

「堀田さまが、なにか」

言い出したきり、続きを言い渋っている松田をうながした。

「ふむ。ここだけの話じゃが、あのお方は油断のならぬところがある。最近、小耳に挟んだのだが、近ごろ、館林《たてばやし》宰相さまのところに、秘かにではあるが、さかんに出入りしているそうじゃ」

「綱吉《つなよし》さまのところにですか」

「そういうことじゃ」

先代の将軍、徳川家光《いえみつ》には五人の男児があったが、うち二人は夭折《ようせつ》して残るは三人、いずれもが側室が生んだ子であった。

そして長男の家綱《いえつな》が第四代の将軍の座につき、三男の綱重が甲府藩主に、四男の綱吉が館林藩主となった。

ところで将軍家綱は、生来の病弱で、三十七歳になる今日まで、いまだ一人の子も生《な》さない。

このままでは、将軍家の後継を巡って、御家騒動にも発展しかねない。

それを心配して、老中の稲葉正則は、繰り返し家綱の後継者として弟君の甲府宰相綱重をと進言するのであるが、ことごとく大老の酒井雅楽頭によって、つぶされてきた。

もっとも聞いた話では、綱重にせよ、綱吉にせよ、いずれの生母も元は下賤の者であったから、血筋を誇る越後高田藩主の松平光長あたりが、二人いずれにても、将軍職などもってのほか、との考えを持っているらしい。

なにしろ光長は、神君家康公直系の曾孫《ひまご》であるから、あわよくば身内から将軍後継

う」

「はあ、それは覚えておりますが……」

「どこで、なにをしようと、おまえの好きにするがよいのじゃ。その耳で拾ってきたことが、我が藩の利益になりさえすればよいのだからな」

松田は念を押すように言う。

御耳役、というのは一種の諜報活動で、江戸市中の噂を広く集めることも職務のひとつであった。

さらには、藩の機密に深く関わることもある。

だが勘兵衛の、そういった役目がらについては、妻の園枝にも口にすることはできない。

こうして、この用部屋に通うのは、松田が言うように、園枝への建前ということであった。

日本橋北・楽屋新道《がくやじんみち》

1

結局のところ、若殿である松平直明の話はたわいないもので、偽名を使っておこなった勘兵衛たちとの国帰りの旅が、いかに楽しかったか、というものであった。

勘兵衛としてはやむを得ない事情から、偽装の行列を仕立ててまで、行列とは別行動で直明を秘かにお国入りさせたのであるが、そういった裏の事情をまるで考えもしない直明は、まことに脳天気なものである。

自らの危急を知らないからとはいえ、あまりに春風駘蕩《しゅんぷうたいとう》としていた。

「また、いずれ、あのような旅をしたいものじゃ。そのときは頼むぞ」

言われて勘兵衛は、

「はい。また、そのような機会がございましたなら」

という程度に、ごまかしておいた。

そののち、親友でもある、若殿付家老の伊波利三《いなみとしぞう》や、小姓組頭で園枝の兄にもあたる塩川七之丞《しちのじょう》と歓談できたのが、芝・高輪まで足を伸ばした勘兵衛の駄賃のようなものであった。

それから三日がたった八月十二日、その日が表向きも非番にあたる勘兵衛は、四ツ(午前十時)を過ぎても町宿を出ず、園枝とともに庭の手入れをしていた。

放っておくと、どんどん雑草が育つため、こまめに雑草を引き抜かなければならない。

それを勘兵衛は手伝っていた。

決して広いとはいえない庭だが、片隅の楓の木の根方には、松田の役宅前と同様に、朝に開いた薄桃色の花が、美しく、だがはかなげに、いくつもついていた。

芙蓉は朝に開いて、夕にはしぼむ一日花なのである。

「十五夜の日の祭礼のことですけれど……」

園枝が言った。

「うむ」

「ひさが、たいへん張り切っておりまして、どのような、お重《じゅう》にしたらよかろうかと、旦那さまにお聞きしてほしい、と言っておりました」

ひさは、故郷から連れてきた園枝の付き女中である。

富ヶ岡の祭礼には、夫婦だけではなく、八次郎にひさ、それに飯炊きの長助も連れて、総勢五人で出かけることになっていた。

ひさも長助爺も、喜んだこと、このうえない。

勘兵衛は答えた。

「これは迂闊だった。その心配ならいらぬのだ」

「と、言いますと……」

「実は、松田さまが、すべて手配をしてくれてな。富ヶ岡八幡宮近くにある［利根八楼《とねはちろう》］という料理茶屋の一室を借り切ってくれたのだ、ゆえに、そこを拠点にして見物するから、昼餉も夕餉も、そこでとることになる」

「あら、まあ、さようでございましたか」

「そればかりではない。松田さまは木挽町《こびきちょう》の船宿にも話を通してくだされてな。そこから深川まで、舟でまいることになっておる」

富ヶ岡八幡宮は、五十年ばかり昔の寛永《かんえい》年間に江戸湾の浅瀬を埋め立ててできた。それゆえ海に近く、参道脇まで堀が伸びて、大き目の船着き場がある。

「まあ、なにからなにまで……。そんなご親切に甘えても、よろしいのでしょうか」

「まあ、世話焼きは、松田さまの道楽のようなものだからな」

「そういう旦那さまも、けっこうな世話焼きでございますよ」

「こりゃあ、一本、とられたな」

勘兵衛はおどけて見せたが、松田とのやりとりを思い出して、思わず、にやり、としそうになった。

松田の世話焼きは徹底していて、勘兵衛から十五日のことを聞いたその日のうちに、書状を二つ書いたそうな。

それを用人の新高陣八に持たせて、木挽町の船宿、そして富ヶ岡八幡宮前の料理茶屋へ走らせ、すべての手配を、その日のうちにすませていた。

そして翌日、そのことを勘兵衛に告げながら松田は、

――もう、十何年も前になろうかのう。わしゃあ、その木挽町の船宿から、しょっちゅう［利根八楼］に通ったものよ。だからしてなあ、今も大いに顔が利くのよ。

――そうで、ございましたか。

――もう少しばかり言っておくとのう。ふむ、このことは新高陣八以外は知らぬことだ。ほかには洩らすなよ。

――御懸念には、及びませぬ。

――ならば、よい。ほれ、芝神明《しばしんめい》の、おこうのことよ。

――ああ、［かりがね］の……。

おこうというのは松田の妾で、芝神明宮門前あたりで、［かりがね］という屋号の茶漬け屋をやらせていた。

――実はおこうは昔、その［利根八楼］の馴染みの仲居であったのだ。また、おこうの朋輩がの……、今では［利根八楼］の後妻に入って、女将をつとめておる。

というような後日物語を聞かされていたのである。

いよいよ秋を感じさせる陽ざしの下で、勘兵衛が園枝と、仲良く会話に興じているところに、八次郎が顔を出した。

「旦那さま。小太郎がまいっております」

「お、小太郎がか。よし、座敷に通せ」

園枝が水桶から柄杓で汲んだ水で、勘兵衛は手を洗うと、園枝は次に、帯に挟んでいた手拭いを差し出した。

「すまぬな」

庭下駄を脱いで、縁側から座敷に戻る。

園枝は、台所のほうに戻った。

すぐに小太郎がやってきた。

「このたびは、いろいろとお世話をいただきまして……」

と述べかかる小太郎の挨拶を、手で制して勘兵衛は、

「挨拶などは、よい。それより、少しは落ち着いたか」

小太郎たちを、日高の陰宅に預けて、もう九日がたっていた。

「はい。わたしのほうは、もうとっくに。我が父の所業と、その後の始末について、詳しく説明をいたしましたところ、たいそう驚かれはいたしましたが、千佐登どのや、小里どのは早くに立ち直られました。しかし、おきぬどのはなかなかに……」

「長らく、夫婦同然に暮らされたのじゃ。無理もあるまいよ」

「はい。しかし、おきぬどのは元もとが気丈な方にて、どうにか落ち着いてきたように見受けられます」

「それは、よかった。で、日高さまから、なんぞ話はあったかの」

「いえ、なにも。ただ、あのお方、無口なお方ながら、まるで慈《いつく》しむような目で我ら

を見守ってくださっているような気がします」

「そうか。いや、日高さまは、決して無口な方ではないのだぞ。以前にも言うたとおり、日高さまは、おまえたちの事情については、なにもご存じない。ただ、おまえたちの様子から、なにごとかを察しられて、口出しするのを控えておられるのだろう」

「そうかもしれません。いや、実によいお方のところをご紹介いただきました」

真摯な顔つきで、小太郎は頭を下げた。

勘兵衛は、さらに尋ねた。

「で、今後の身の立て方などは、そろそろ話し合われたのか」

「いや。まだそこまでは……。しかし、当初の計画では、この江戸に出たのちは、越後に移住するはずでございましたが、こうなっては今後、この江戸にて暮らすほかはないようだ、と皆で覚悟をつけました」

「そうか。そういうことになろうのう」

「幸いと言ってはなんですが、父上が自らの命と引き替えに、都合してくれました金《きん》子《す》が、二百四十数両ほどございます。これは、おきぬどのが、振り売りの八百屋から、それとなく聞き出したそうですが、この江戸にては、一家五人ばかりが、つつましやかに暮らすのに、月に一両もあれば十分だとか。その計算でいきますれば、十年やそこらは食いつなげるはずと……。それで、じっくり相談のうえで、今後の生活《たつき》を立てる道を考えよう、というような話にはなっております」

小太郎は、おきぬを気丈と評したが、いやなかなかに、しっかり者のようだ。

「そうか。なに、焦って事を起こせば、しくじりもあろう。なににせよ、よくよく話し合われることだ」

勘兵衛が言うと、小太郎は大きくうなずいて——。

「はい。で、きょう、お伺いいたしましたのはほかでもございません。以前に承《うけたまわ》りました、小野派一刀流の道場のことです」

「おう。入門をするのか」

「はい。ぜひにもご紹介を、お願いいたします。で、束脩《そくしゅう》（入門金）は、いかほど準備すればよいかをお教えいただきたいと思いまして……」

「ふむ。束脩のう。そんなには要らぬ。一両もあれば十分」

実は八次郎を入門させたときには、道場主の高山八郎兵衛《はちろべえ》は、頑として束脩も月謝も受け取らなかった。

というのも、その当時は、勘兵衛はしばしば［高山道場］に顔を出して、門弟たちに代稽古をつけていたからだ。

だが、このところ多忙に過ぎて、勘兵衛は長らく［高山道場］に通っていなかった。

（これを機会に、また、俺も、暇を見つけては道場に通おう）

そんなことを思いながら、勘兵衛は言った。

「よし。では、これから、まいろうか」

言うと、小太郎、

「え、これからでございますか」

「そうだ。思い立ったが吉日、と言うぞ」

「しかし、きょうのきょうとは思ってもおらず、束脩の準備もしてきておりません」

「そんなものは、後日でもよい」

「では、お願いをいたします」

「よし。支度をしてくるゆえ、しばし待て」

園枝に手伝ってもらい、勘兵衛は袴をつけ、羽織をつけ、八寸（二四・二センチ）の柄《つか》頭《がしら》を八寸五分（二六センチ）のものに取り替えて、二尺七寸（八二センチ）もの長刀、埋忠《うめただ》明寿《みょうじゅ》、そして無銘ながら一尺七寸五分（五三センチ）の脇差を腰に差す。

「じゃあ、行こうか」

勘兵衛は小太郎に声をかけた。

2

「道場の名は［高山道場］といってな、松田町というところにある」

　東海道を北上しながら、勘兵衛は小太郎に説明した。

「道場主は高山八郎兵衛というお方だが、出稽古が多い。師範代は政岡進《まさおかすすむ》、いずれも良きお方だ。道場では、まずは兄弟子《でし》たちが稽古をつけよう。そこらあたりは、故郷の［坂巻道場］と、あまり変わりはない。ほかに聞いておくことはないか」

「ご門弟の数は、いかほどでしょう」

「ざっと、百数十名というところか。午前のうちは、元服《げんぷく》前の少年たちが多く、午後には旗本や御家人、近隣の江戸屋敷の江戸在勤の士が多くなる。なかには浪人もおる」

「わかりました。では、稽古には午後にまいることにしましょう」

　小太郎は、やる気、十分のようであった。

「あ、それと……。根岸で出会うた、あの浪人のご子息……たしか喜太郎さんといわれましたか、今では病も癒えて、すっかり元気になっているようですよ」

「ほう。乗庵先生のところに行ったのかい」

「わたしではありません。実は妹のトドメが心配だったのか、弟の余介を連れて、様子を見にいったようでございます」

「ほう。よく、道を覚えていたものだな」

「まことに……。トドメは気の優しいところがありまして、また年齢も近いせいもありましょう。近ごろでは、毎日のように喜太郎さんの遊び相手になりに、通っているようでございます」

「ほう、そうなのか」

勘兵衛は、ほのぼのと、微笑ましい気分になった。

話題は、次つぎにあった。

この江戸で暮らすと決めたのならば、小太郎に与えておく忠告もいくつかある。

「なあ小太郎。おまえも少しは見知ったであろうが、この江戸は、とてつもなく広い。まずは、この江戸の地理を頭に入れておくことだ」

初めて江戸に出てきたころ、勘兵衛は一ヶ月以上も、江戸の町町を漫歩することに費やした。

そういった体験談も話して、

「よし。今度、そのころにもっぱら使った、寛文《かんぶん》江戸大絵図を進呈しよう」

するとゝ小太郎、

「ありがとうございます。しかしながら、その絵図ならば、すでに八次郎どのに頂戴いたしましてございます」

「おや、そうなのか。いや、いつの間に……」

「江戸に着いた翌日のことでございますよ。八次郎さまは、この大絵図の中身は、ほとんど自分の頭に入っている。役に立つはずだから、おまえが使えと言われました」

「ふうん。八次郎がなあ」

どこかとぼけているようで、気配りだけはできる男であった。

そんなあんなを話しながら、勘兵衛と小太郎は、日本橋通りを北へ北へ、やがて八丁堤も過ぎて本乗物町《ほんのりものちょう》（のち元乗物町）が終わる辻を右に曲がった。

「あれ、これは紺屋町ではございませぬか」

小太郎が言う。

「そうだ。どうせこれから通うのだから、いちばん近い道を教えておこうと思うてな。まっすぐ進めば、おまえの住居で、［高山道場］へは、この先、二つ目の角を左に入るのだ」

紺屋町一丁目が、二丁目に変わるところの辻であった。

「そうでございましたか。では、折角《せっかく》ですから束脩を取ってまいります」

「律儀だのう。よし、では、あの角のところで待っていよう」

駆け足で去る小太郎のあとから、ゆっくりと歩いて勘兵衛は木戸番屋の前で待った。

小太郎は、すぐに戻ってきた。

「お待たせいたしまして、申し訳ございません」

「では、行こうか」

木戸番小屋のところから北に進むあたりは両側町だが、もう少し先では武家地と町家が入り組みはじめる。

「なあ、小太郎」

「なんでございましょう」

「うむ。そのことばづかいだ。何度も言うたが、おまえと俺とは兄弟も同然、そのような敬語はやめて、平《ひら》に話せ。でないと、こちらが窮屈になる」

「は、心がけまする」

四角四面な小太郎なのである。

下白壁町を過ぎると、右手の一画は武家地となる。

やがて、白壁町も過ぎて三叉路となるあたり――。

「ここだ」

勘兵衛は足を止めた。

右手、東側は石川八郎左衛門《いしかわはちろうざえもん》という旗本屋敷で、その西向かいの角に町道場があった。

掲げられた看板には、

〈小野派一刀流指南　高山道場〉とある。

昔なら、勝手にどんどんと内に入っていくところであったが、もう一年以上も無沙汰をしていた。

そこで建物に入って訪《おとな》いを入れると、小太郎とおっつかっつの歳ごろの、若者が出てきた。

勘兵衛の知らぬ顔である。

近ごろ、入門したものであろうか。

「落合勘兵衛と申す。政岡どのは、おられようか」

師範代の名を出されて、

「少少、お待ちを」

道場にとって返した。

相変わらず頑丈な体軀の政岡が、飛び出してきた。

「おおっ、勘兵衛。どこでどうしておったのじゃ。ぷいっと姿を見せなくなったもので、ひょっとしたら国表にでも戻ったのではなかろうかと、ときおり師とも話しておったのだぞ」

「それは、申し訳ござらん。ここのところ、ちと多忙でございましてな」

「うむ。とにかく上がれ。幸い、師もご在宅だ」

「さようか。なら、先に高山先生にご挨拶をさせていただこうかな。ほかでもない。この若者は、我が知友で縣小太郎という者だが、こちらの道場に入門の願いに上がったのだ」

「そうなのか。いや、それは嬉しいかぎりだ。師は、居室におられるが、うん、わしが案内しよう」

道場脇の廊下を進みながら、政岡が言う。

「で、勘兵衛、おまえはもう、稽古にはこぬのか」

政岡は、勘兵衛と互いに研鑽した、剣友のような仲であった。

「いや、これからは、ちょくちょく顔を出すつもりだ。また手合わせのほどをお願いする」

「そりゃ楽しみだ、と言いたいところだが、もはや、わしには勝ち目はなさそうじゃ」

勘兵衛が［高山道場］に通いはじめたころには、この政岡と試合をして、三本のうち一本ほど勝つくらいだったのが、いつしか勘兵衛の腕が勝り、もはや政岡には負けなくなっていたのだ。

「お師匠さま、珍しい来客にございます」

政岡が襖の外から声をかけると、

「ほう。どなたであろう。早くお通しせよ」

内側から懐かしい声が聞こえてきた。

「なるほど、こりゃあ珍しい」

総髪の高山八郎兵衛が、勘兵衛を見るなり顔を崩した。

高山は四十半ば、六尺豊かな大男で、目も鼻も口も、すべてが大作りであった。

その顔が、くしゃっとつぶれるように笑っていた。

もちろん即座に、小太郎の入門は許された。

高山が言った。

「落合どのと同じ夕雲流《せきうんりゅう》を学んでおったなら、これまでと、少しは作法も異なろう。まずは小野派一刀流の型を学ぶことからはじまろうが、きょうのところは、ここでの規則、それに竹刀や稽古着も準備せねばならぬ。政岡、世話をしてやれ。わしは今しばらく、落合どのと積もる話をしたい」

「承知しました」

政岡が、小太郎をうながし、座敷から消えた。

3

待っていたかのように、高山が言う。

「よう、顔を出してくれたのう。おまえが最後にこの道場にきたのは、たしかあれは去年の……」

「はい。そろそろ一年がたちましょうか。実はあののち、妻を娶りましてな」

昨年の九月半ばには、勘兵衛の両親、園枝とその両親が江戸に出てきて、婚礼の支度に忙殺された。

「そうであったか。そりゃあ、めでたい。いや、めでたい」

「そんなこんなのうちに、次には、いろいろと多忙が続き、心ならずも無沙汰に過ぎた次第です。長らくの無音《ぶいん》、まことにもって、申し訳ございませぬ」

「なんの、そなたのことゆえ、そう心配をしていたわけではない。だが、なんと言おうかのう。ふっと、いなくなられると、なにやら心許《こころもと》のうてのう。なにしろ、我ながら不甲斐ないことだが、この道場に、おまえほどの腕を持つ門人が一人もおらぬ。いや、さびしいかぎりだ」

ありがたい師のことばであった。

これは今さら、明かせぬことではあるが――。

思えば勘兵衛が、この道場に通いだした動機というのが、不純なものであった。

勘兵衛は、この江戸で若殿から密命を受けた。

それは、国表で罪を犯して逃亡した山路亥之助を討て、というものである。

それで勘兵衛が探索したところ、山路亥之助が、浅草御米蔵横にある本多出雲守政利の江戸屋敷内に匿われている、という情報を得た。

ところで本多家には〈本多風《ほんだふう》〉といわれる厳格な家風があり、髷《まげ》のかたちから衣服にいたるまで、細かな決まりがあった。

例えば衣服の場合――。

〈着服は洗柿《あらいがき》、夏は渋かたびら（柿渋を引いたかたびら）のほか無用のこと。ただし、帯は黒木綿のこと〉となっている。

逆にいえば、衣服で本多家の家臣と一目でわかる。

勘兵衛は、本多出雲守江戸屋敷の内部情報を探るべく、一人の本多家家臣を尾行したところ、この［高山道場］にたどり着いた、というわけだ。

そのとき尾行した男は別所小十郎《べっしょこじゅうろう》といって、当時は大和郡山藩支藩、江戸屋敷の御書物役であった。

それがまわりまわって、日高信義と知り合うことになったのだから、ひとの運命というものは、先が読めない。

「ところで……」

いろいろと雑談を交わしたのちに、勘兵衛はさりげなく高山に尋ねた。

「先生は、今も、本多出雲守さまのところへ出稽古にお出かけですか」

「ふむ……」

高山の表情が、少し苦《にが》いものになった。

「あそこへの出稽古なら、とっくにやめた。もう、一年半ほども前だ」

「そうなのですか」

「だからして、この道場にも、今や洗柿は一人も来ぬ」

江戸屋敷が近かったこともあって、大和郡山藩支藩の家士は、かつて十数人ほどが、この道場に通っていたものだ。

高山は続けた。

「わしが元もと、あの本多家に出稽古に行く気になったのは、そこに柴任三左衛門《しばとうさんざえもん》どのがおられたからじゃ」

「ああ、二天一流《にてんいちりゅう》の……」

「ふむ、宮本武蔵《みやもとむさし》の二天一流を継ぐ三代目の師範だ。折あらば、一手ご教示をと願っていたのだがな。だが、その望みはかなわなかった」

高山が残念そうに言う。

その柴任三左衛門に、実は勘兵衛、江戸郊外の須崎村にて出会い、ことばまで交わしている。

山路亥之助が、その須崎村で柴任三左衛門から剣の稽古をつけてもらっている、との情報を得たためだ。

だが、一歩遅かった。

「柴任先生は、本多出雲守のところを致仕して、飄飄と消えてしまわれた」

勘兵衛の回想を断ち切るように、高山が言った。

「本多家の出稽古をやめようと思ったのは、それだけでもないのだ」

高山が、一人語りのように言う。

「この道場に顔を出すことはなかったので、おまえは知らないだろうが、あの江戸屋敷に原田九郎左衛門《はらだくろうざえもん》という御仁がいてな」

(原田九郎左衛門……!)

その名が、高山の口からこぼれ出て、勘兵衛は驚愕した。曰《いわ》く付きの人物であった。

「俳諧などたしなまれて、学識豊かな御仁であってな。わしとは親しき仲であった」

(知らなんだ……!)

人生の縁《えにし》の不思議さを思う。

「その原田どのが、あるとき藩命により長崎に向かったのじゃが……」

そのことなら、ようく知っている。

日高と、勘兵衛の弟が、それを阻止すべく同じ長崎に向かったのだ。

「原田どのは、長崎から戻ってくるとすぐに、わしにこう言うた。すぐにも職を辞して故郷に戻るつもりだ、とな。理由は言われなかったが、よほどに、いやなことがあったのであろうな」

（そう。その長崎への旅は、原田にとっては、腹に据えかねる仕事であったかもしれぬ）

というのも、芫青《げんせい》、という抜け荷の猛毒を、この江戸に持ち込むという汚れ役であった。

そして、その猛毒は、勘兵衛の知るかぎり、単に大和郡山藩支藩にばかりではなく、大老の酒井忠清の元にも届けられたはずだ。

表情も変えず、無言のままの勘兵衛に、高山はさらにことばを継いだ。

「そして原田どのが言われるには、恥ずかしながら、我が藩は、まさに腐りきっております。先生も、できれば我が江戸屋敷とは関わりを断ち切ったほうがよかろうと思います、との忠告を受けたのだ」

「ははあ……」

初めて勘兵衛は、相槌《あいづち》を打った。

「そうして原田どのは、大和に帰っていかれたが、なるほど、そのような目で、浅草御蔵横の、あの江戸屋敷内部を眺めると、なにやら淀んだ空気が充満しておる。それで、わしゃあ、そうそうに病を理由にして、あそこの出稽古をやめたのだ」

「そうだったのですか」

その大和郡山藩支藩と、本藩との間に闇の攻防があって、それに勘兵衛が深く関わっているとは、まるで知らない高山八郎兵衛なのであった。

「で、その後、その原田さまからは、なんぞお便りでもございましたか」

「おう。この正月にな、便りがあった。原田氏《うじ》はな、郡山城下に戻られたあと妻子とともに城下を出て、今は河内国の古市《ふるいち》というところで、原田宇古《のきふる》と名乗られて俳諧の宗匠をしているとのことだ。なんでも、のきふる、というのは土竜《もぐら》のことだそうだ。なあ、なんとも洒落《しゃれ》た御仁であろう」

と、いかにも嬉しそうに言うのである。

元より勘兵衛は、その原田が江戸にて出入りしていた〈丁々軒《ちょうちょうけん》〉と名づけられた、俳諧宗匠に関わる竹下《たけした》少年との交友で、原田についての情報を集めていた。

さらには、若党の八次郎を、そこへ入門もさせて、原田の俳名が宇古であることも、その意味さえも、かねて存じ寄りのことであったのだが――。

「ははあ、そのような意味がございますのか」

話を合わせながら勘兵衛は、そうか、原田どのには無事にあられたか、との感慨があった。

というのも、大和郡山藩支藩を致仕した原田には、刺客が向けられていた。あまりに藩内の秘密と陰謀を知られたためだ。

その刺客というのが山路亥之助で、逆に勘兵衛は山路を追いつめたのだが、惜しいところで取り逃がし、今日にいたっているのであった。

そんなことなどは露知らない高山は、さらに上機嫌で、こんな話をはじめた。

「その原田氏からの便りに、こんな作が書かれていてのう」

高山は、おもむろに筆を執り、楽しげな様子で、なにやらさらさらと半紙に書いた。

「こういうのだ。どうじゃ」

「拝見いたします」

勘兵衛が受け取って見ると、そこには――。

　　桜の実山の木の間や身の楽さ

と、ある。

「ははあ……。あいにくわたしには俳諧の素養などもなく……」

正直なところ、たいした句でもないと思った勘兵衛だが、そうは言えない。

「ふふ……。わかっておらぬな」

いかにも嬉しそうに、高山は笑い、

「後ろから逆に読んでみるのだ」

「はい。ええと、さ楽の身……」

「そうではない。さ楽ではなく、さくらのみ、やまのきのまや、みのらくさ、と読むのじゃ」

「ははあ、なるほど」

勘兵衛は膝を打った。

「前から読んでも、後ろから読んでも同じ文だ。そういうのを回文《かいぶん》という」

「いやあ、これはおもしろい。たいしたものでございますな」

「そうであろう。原田はのう、そのような機知に富んだ人物なのだよ」

なるほど、そのような人物であるからこそ原田は、薄汚い陰謀の片棒を担ぐのに嫌気がさして、本多出雲守政利の禄を蹴って去ったのだな、と勘兵衛は、改めて思えた次第だ。

4

昼飯を食べていけ、という高山の誘いを、また近いうちに稽古にまいりますからと辞退して、勘兵衛はひとまず、小太郎とともに［高山道場］を辞した。

小太郎は、政岡から、身の丈に適《かな》った稽古着に竹刀、それから防具を選んでもらった、と嬉しそうに言い、さっそく、きょうの午後からでも、道場へ稽古に出向くと張り切っていた。

実は勘兵衛、折角《せっかく》のことゆえ、道場で稽古でもしていこうかと最初のうちは考えていたのであるが、高山八郎兵衛と話しているうちに気が変わったのである。

まず第一の理由は、高山の目にも、大和郡山藩支藩江戸屋敷の内部の様子が胡散臭《うさんくさ》く映《うつ》ったこと――。

そのことに、あれ以来、忽然と姿を消した山路亥之助のことを重ねると――。

（いよいよ本多中務大輔さま暗殺の動きは、より具体的な計画ができつつある……）

勘兵衛には、そうとしか思えなかった。

その亥之助は、越前小浜にいる。

そして、その亥之助のもとに、どうにもそぐわない人物が加わっていた。

箸職人の留三だ。

(箸……)

紺屋町二丁目の自身番屋の前で小太郎と別れ、勘兵衛は南にまっすぐ進みながら、考えていた。

なにやら、ちかちかと頭の片隅に、なにかが点滅する。

小浜の箸職人といえば――。

(そうだ。若狭箸!)

小浜の特産品であった。

昨年に[若狭屋]で密会した大目付の大岡からは、

――なんでも明《みん》から伝わった存星《ぞんせい》の手法や沈金《ちんきん》、螺鈿《らでん》の技を手がかりに、編み出された若狭塗が施されておるのじゃ。

というふうに、説明を受けた。

そして[若狭屋]から、その若狭箸を贈られてもいる。

鮑《あわび》貝などの貝殻や卵殻、さらには金箔、銀箔などが、ふんだんにちりばめられた豪華な箸であった。

そんなことを思い浮かべているうちに、

「そうか!」

思わず勘兵衛は声を出した。

左右に銀町《しろがねちょう》(のち本銀町《ほんしろがねちょう》)が通るあたりで、たまたま通りかかった飴売りが、驚いたような顔になった。

(毒箸だ!)

勘兵衛の頭に浮かんだのは、そのことであった。

若狭塗箸には、さまざまなものが象嵌《ぞうがん》されている。

そんなひとつに、芫青を埋め込む。

(いやいや……)

若狭塗箸には、漆が施されている。

それでは、毒が封じ込められてしまうではないか。

(いや、だからこそ……)

勘兵衛は、推論を重ねた。

日高や、弟の藤次郎によれば白壁町の賊どもが、いずくかへ旅立ったのが昨年の四月、その行き先が小浜だとすれば、すでに一年以上にもなる。

（つまり……）

毒箸の開発に、それだけの時日を要している、ということではないのか。

そして、つい先日には、旅立っていた白壁町の賊が江戸に戻り、大和郡山藩支藩の江戸屋敷に出入りして、再びあわただしく旅立ったという。

ようやく毒箸開発のめどが立ち、いよいよ肝心の芫青を運んだのではないか、とも思えるのだ。

（ううむ……）

風雲、急を告げている感があった。

（しかし……）

まだまだ、事態が切迫しているわけではない。

小浜には、藤次郎や清瀬拓蔵がいて、亥之助たちの動向を探っている。

亥之助たちが、この江戸に戻ってくるとき……。

いよいよの正念場は、それからのことになろう。

まだまだ、余裕はあった。

それよりも第二の理由のほうだ。

勘兵衛は、考えを切り替えた。

高山八郎兵衛と話していて、ふと、勘兵衛は竹下少年のことを思い出したのだ。

竹下少年に最後に会ったのは、二年前の十一月のことで、そのとき、

――いやさ。実は俺……、女郎買いが親父にばれちまってよう。来年になったら、鎌倉の円覚寺《えんがくじ》ってぇ寺へ預けられることになっちまったのよ。幸い頭は剃らずにすみそうだが、そっちで元服ってぇ段取りで、しばらくは江戸に戻られないのよ。それで、お春《はる》ぼうに泣かれちまってよう。

と言っていた。

竹下少年は、とんだ不良少年で、最初に会ったときは十四歳だったが、酒は飲むは、芝居小屋に入り浸るは、といった早熟ぶりが目立った。

だが、女郎買いまでしては、さすがに膳所《ぜぜ》藩御殿医の父親も、堪忍袋の緒が切れたのであろう。

しかしあれから一年以上、あのとき十五歳の竹下は、鎌倉の円覚寺で元服をすると言っていたから、もう江戸に戻っているのではなかろうか。

というのも、坂口のことだ。

坂口は妻敵の菱川道房を探し求めているが、その師匠と思われる菱川師宣に、どうしても出会えずにいた。

というのも、師宣が、あちこちらの芝居小屋を渡り歩いて、橘町の画塾に戻ってこないためだ。

一方、もし竹下が江戸に戻っているのなら、相変わらず酒を飲み、芝居小屋にも出入りしていようと、勘兵衛には思えた。

それに竹下は、若いけれども、ずいぶんと人脈が広そうであった。

駄目で元もとで、ひとつあたってみようか、と勘兵衛は考えたのだ。

勘兵衛はさらに南下して、岩附町《いわつきちょう》を抜け伊勢町河岸に突き当たったところで、東に折れた。

それから中之橋で西堀留川《ほりどめがわ》を渡り、万橋《よろずばし》のところに出た。

すぐ南の川沿いにある堀江町が、竹下の居宅があるところだが、勘兵衛は、そのまま東堀留川を万橋で新材木町に渡った。

竹下少年の情報を得るなら、もっとよいところがあった。

もう少し下ると、割元の［千束屋］も近いが、勘兵衛が入ったのは、楽屋《がくや》新道《じんみち》と呼ばれる細道である。

［中村座］や［市村座］がある二丁町《にちょうまち》の裏通りであった。

［中村座］は堺町《さかいちょう》、［市村座］は葺屋町《ふきやちょう》にあって、付近には操《あやつ》り芝居の小屋やら、

軽業《かるわざ》小屋などがたくさんあって、二つの町をあわせて呼ばれる二丁町は、芝居町とも称されている。

（ふむ……）

懐かしい思いとともに、勘兵衛の頬に笑みが浮かんだ。

［みのや］という掛け茶屋があって、店先には竹竿から簑《みの》が逆さにぶら下がっている。

〈のみや〉のシャレらしいが、これがかかっていれば開店している印であった。

掛け茶屋とはいえ、粗末ながら常設の店で、内部には土間と、奥には畳敷きの上がり座敷まである。

「あら」

勘兵衛が入っていくと、店の女が声をあげた。

「おう、お春ぼうか、こりゃあ見ちがえた」

少女とばかり思っていたが、いつの間にか立派な娘に変貌している。

「お久しぶりね。でも、もうお春ぼうはないでしょう」

「いや、すまぬ、すまぬ」

「それにしても、すっかりお見限りねえ。榎本《えのもと》さん、いいえ、竹下さんも、勘兵衛さんはこないのか、と言ってらしたわ」

軽いシナまで見せて言う。

変貌だけではなく、色気まで出てきたようだ。

「お、あやつ、江戸に戻ってきておるのか」

見事に当たりだったな、と勘兵衛はほくそ笑む。

「今年の春よ。それがさあ」

お春は、袖で口元を掩《おお》うと、くすくすと笑った。

「すっかり見ちがえたわよ。いえね。前髪がなくなっただけじゃあないの。あんなに派手だった衣装が、すっかり地味になって、おまけに名前まで変わってしまったの」

「ほう。なんというのだ」

「榎本順哲《じゅんてつ》、っていうのよ」

「ふうん。坊主みたいな名だなあ」

「坊主じゃないわよ。なんでも鎌倉の、なんとかいう高僧から易学を授けられたらしくて、易医、とかいう医者だって威張っているわ」

易学によって医術を説く一派を、易医といった。

「で、榎本っていうのは母方の姓らしいわよ。お父さんのほうの竹下でもいいのにねえ」

「で、住まいは、以前どおりに堀江町かい」

「そのようよ」

ならば、堀江町を訪ねるか、と考えている勘兵衛に、お春が言う。

「姿や名前が変わっても、中身はおんなじ……。相変わらず、毎日、ここで飲んだくれているわ。そうそう、そろそろ昼飯どきだから、そのうちやってくるわよ」

「そうなのか」

「まちがいないって。だから、ほら、いつもの定席《じょうせき》は空けているの。そちらのほうで、お待ちになったら？」

お春が言う定席とは、奥の畳敷きの上がり座敷のことだ。

土間では、さまざまな客で七分方が埋まっており、各各が飯をかき込んでいたが、なるほど上がり座敷は、がらんとしていた。

「じゃあ、そうさせてもらおう。では、昼餉を頼もうかな」

「昼餉なんて、立派なものじゃあ、ありませんがね。お酒はどうします？」

「それは、順哲さんが見えてからのことにしよう」

言って勘兵衛は奥に向かった。

5

親父の腕がいいせいか、［みのや］の料理は、すこぶるうまい。

茶の替えを淹《い》れにきたお春にそのことを言うと、

「それで、順哲さん、毎日ここに昼飯を食べにくるんだ。家の飯など、まずくて食えん、なんて言っているけど、ほんとうは家じゃあ酒が飲めないからに決まっているわ」

案外、お春の言うことのほうが当たっているのかもしれない。

勘兵衛が［みのや］の昼膳を食い終わらないうちに、新たな客が入ってきた。

（うん……？）

と思ったら、

「やあ」

若い男が勘兵衛に手をあげた。

にこにこ笑いながら、近づいてくる。

「こりゃあ、見ちがえた」

以前に知っていた竹下少年とは、まるで別人のようだ。

髷は海老折《えびおり》、そして風体《ふうてい》はというと、紺紬《こんつむぎ》の単衣《ひとえ》に黒字に白線の入った博多帯、それに紺の単羽織《ひとえばおり》と、いやにすっきりとした容子《ようす》であった。

「へん。中身は一緒だい。それにしても一別以来……」

ぺこんと頭を下げてくるのに、勘兵衛もまた、

「いや。こちらこそ。元気そうでなにより」

頭を下げているうちに、順哲は上がり座敷に上がってきてお春に、

「まずは酒。酒肴はまかせるんで、適当にな」

と、言う。

「ほら、このとおり。相変わらずでしょ」

お春は勘兵衛に笑いかけ、調理場へ消えた。

「なんでも、易医になられたそうな」

勘兵衛が言うと、

「へっ、だから女はおしゃべりだっていうんだ。なら、名を変えたのもお聞きかい」

順哲は苦笑しながら言う。

「はい。榎本順哲どの」

「よせやい。ところで、猿屋町のほうに顔を出したんだが、もう引き払ったあとだった。もう、江戸にはいないのかと思っていたぜ」

「そりゃあ、すまなかった。実は引っ越しをしてな。今は、露月町のほうだ」

「へえ、ずいぶんと遠くになっちまったなあ」

お春が、二合徳利に盃を二つ、そしてお通し二つを運んできた。

「冷やだけれどな。ま、おひとつ」

徳利を取り上げたので、勘兵衛も盃を出した。

そして順哲が、独酌で満たした盃を上げながら、

「とりあえずは、再会を祝して……」

互いに盃を飲み干した。

「ところで、今も［丁々軒］には出入りしておられるのか」

尋ねたいことがあるのだが、そう短兵急にはいかない。

高山の口からも出た、原田九郎左衛門も出入りしていた、本町河岸の俳諧所のことを話題にした。宗匠の名は、たしか高橋幽山《たかはしゆうざん》といった。

するど順哲は手を横に振って、

「いやあ、あそこは、もうやめた。前にも言ったと思うが、伊賀上野からやってきた、

桃青《とうせい》という俳諧師のほうが、幽山先生よりはるかに立派でよう。それで杉風《さんぷう》さんとも相談して、二人して桃青先生の門下に入ったのよ」

「ほう。杉風《さんぷう》さんもか」

杉風というのは俳号で、小田原町で［鯉屋］という屋号の、幕府御用の魚問屋の若旦那であった。

耳が少し不自由な杉風には、勘兵衛も芫青に関する情報を得るため、面会したことがある。

「うん、ところがな……」

順哲は、お通しに箸を伸ばしながら、

「その肝心な桃青先生が、この六月から神田上水の浚渫《しゅんせつ》普請を請け負われてな。そっちのほうが忙しゅうて、とても門人にまでは手がまわらんのだ」

「ほう」

この桃青、のちの松尾芭蕉《まつおばしょう》のことである。

そこへ、お春が、いろいろと料理を取り揃えてやってきた。

それに、順哲が言う。

「やい、お春。二合徳利一本でごまかそうなんぞは片腹痛いぞ。きょうは落合さんもおるのだ。あと、二本ほども持ってこい」

「はいはい。特別ですよ」

以前から、お春は順哲の酒量が多いのを心配していたから、近ごろは順哲も、思うようには飲ませてもらえないらしい。

「それにしても、神田上水の浚渫普請を委託されるとはのう。あまり俳人とはかけ離れるように思われるが……」

勘兵衛が正直な感想を漏らしたところ、

「うん。立机《りっき》に金がかかりすぎて、スッカラカンになったのよ。背に腹は代えられないっていうやつさ」

立机とは、俳諧師が宗匠になることである。

「なるほど」

「ま、そういうわけでよう。俺は鎌倉・円覚寺の大顚《だいてん》和尚から、其角《きかく》という俳号を授けてもらったんだが、桃青先生の副業が一段落つくまでは、どうにもならねえ。それでよう、親父の手前もあって順哲を名乗り、いかにも易医ってことにしているが、こりゃあ、まあ、仮の姿で、近いうちには榎本其角っていう俳諧師になるつもりよ」

ずっとのちには、宝井《たからい》其角を名乗る名物俳諧師も、まだ十七歳の若者である。

「ふうん。そういうことかい」

「そういうことだい」

そこへお春が、二合徳利二本を運んできた。

「ところでなあ……」

勘兵衛は、徳利の酒を順哲の盃に満たしながら、頃やよし、と菱川師宣の話をはじめた。

もちろん坂口のことや、妻敵討ちの話はしない。

「おう、あの色惚け爺《じじ》いかい」

「ふむ……？」

「もう還暦も近いというのに、新吉原やら、岡場所やらに通いつめて、せっせと画を描いているというが、なあに、やることはやってるようだよ。前に出会ったときには、お天道《てんとう》さんが黄色く見えるぞ、なんぞとほざきやがった」

なるほど、それで色惚け爺いか。

それにしても、順哲の口の悪さは以前どおりだ。

勘兵衛は言った。

「近ごろも、橘町の画塾には戻っておらんそうだ。居場所を知らぬか」

「ふうん。色惚け爺いに、なにか用事かい」

「わけあってな。それも急いでおる」

「そうかい。いやあ、近ごろは、あちこちの芝居小屋で見かけるがなあ。こちらの［市村座］かと思えば［中村座］だったり、木挽町の［山村座］や［森田座］に潜り込んでいたり、ときには操りやら軽業小屋やら、まさに神出鬼没というやつだ」

「そうなのか」

これはつかまえるのは難儀だな、と勘兵衛は思った。

「おい、そうしけた顔をするな。これでも俺は、その道では知られた顔だ。どうしてもと言うんなら、一肌脱ぐぜ」

順哲は、自信に満ちた声で言う。

「いや、一肌といわず、二肌も、三肌も脱いでくれんか」

「おっ、そこまで言われりゃ、気合いが入ろうってものさ。よし、さっそくに、取りかかってみるが、一日や、そこらはかかるぜ。で、色惚け爺いをとっつかまえたら、どうすりゃいい？」

「さよう。ぜひとも、わたしに引き合わせていただきたい」

「わかった。じゃあ、とっつかまえたら知らせを入れよう」

「そうしてくれ」

勘兵衛は、露月町の町宿を教えたのち、つけ加えた。

「ただし、三日後の十五日は留守にしておる。みんなで富ヶ岡の祭礼に出かける予定でな」

「おう、そりゃあいい。じゃあ、十五日は外して知らせよう」

「よろしく頼む」

と、いうことになった。


勘兵衛が町宿に戻り、夕食もすませて園枝に、榎本順哲のあれこれを説明し、もし自分が留守中にその客がきたときは、と手筈のほどを確かめた。

若党の八次郎は、善右衛門町にある新高陣八の町宿で、母のおふくと過ごしているはずだ。

ゆっくりしてこいと言っておいたから、あとしばらくは戻ってはこないはずだ。

つい先ほどに、五ツ（午後八時）の鐘が鳴ったばかりだ。

ところが――。

表戸を叩く音がした。

「戸締まりをしたか」

八次郎が閉め出されたかと思い、園枝に尋ねると、

「いえ」

と、首を振る。

「はて？」

では誰だろうと、

「わたしが出よう」

勘兵衛は入口にまわった。

すると月光の下に佇んでいたのは、順哲であった。

「おう、勘兵衛さん。さっそくだが、色惚け爺いをとっつかまえたぜ」

息を弾ませながら言う。

「いやあ、早かったなあ。まあ、そこではなんだ。とにかく上がれ」

座敷に通し、園枝を紹介すると、

「いやあ、お内儀を娶られたとは露知らず……」

緊張した顔つきになった順哲は、

「さっそくながら、菱川師宣どのは、木挽町、［山村座］の芝居茶屋の［高麗屋《こうらいや》］で、

市川段十郎《いちかわだんじゆうろう》を描いておりましたよ」

人が変わったように、ことばつきまで変わっていた。

段十郎とは、のちに初代市川團十郎となる歌舞伎役者のことだ。

茶でも運んでこようと思ったか、園枝が立とうとするのに順哲は、

「いや、勝手ながら、おもてなしのほどは無用に願います。なにしろ、このあと、菱川どのと酒の約束をいたしましたでな。伝言を伝えましたなら、すぐに［高麗屋］へ引き返さねばなりません」

堂堂とした挨拶まで述べて、

「ええ、落合さま。十五日には、富ヶ岡の祭礼にお出かけと伺いましたが……」

「ああ、その予定です」

「で、菱川どのが言われるには、実は自分も、その日に富ヶ岡八幡に出かける予定であった。よろしければ、その日、どこぞで落ち合いませぬか、と言われるのだ」

「ははあ。そうですか。では、そうしましょう。わたしたちはその日、永代寺門前町にある［利根八楼］という料理茶屋に席を取っております。勝手な申し分ですが、そちらで落ち合うということでいかがでしょう」

「ああ、あの［利根八楼］、よく席が取れましたなあ。承知いたしました。午餐の邪

魔になってもいけませぬゆえ、さよう、八ツ（午後二時）ごろに、お邪魔をするよう取りはからいます」

「いや。ありがたい。菱川どのに、よろしくお伝えくだされ」

「承知しました。では、これにて、ごめんをつかまつります」

順哲は、風のように消えた。

園枝が言った。

「あなたがおっしゃったのとは、まるで別人のご様子でしたよ」

「いや。俺も驚いた。あやつ、とんだ食わせ者だ」

園枝がいたからであろうが、ああも豹変できる人物も珍しい。

勘兵衛は、正直そう思った。

永代寺・門前東町

1

富ヶ岡八幡宮の祭礼日がきた。

勘兵衛夫妻に、若党の八次郎、そして女中のひさと、飯炊きの長助の主従五人は、それぞれ早めの支度をして、五ツ（午前八時）前には町宿を出た。

というのも八幡宮境内では、午前のうちに流鏑馬《やぶさめ》が催される、ということで、その流鏑馬の見物をしたのち、［利根八楼］に上がることにしたからだ。

二丁櫓の猪牙舟《ちょきぶね》なら船足は速いが、五人は無理だ。

となると、陽除《ひよ》け舟とも呼ばれる屋根舟になるから、ある程度の余裕をみておかねばならない。

さて、木挽町七丁目の船宿から勘兵衛たちを乗せた舟は、二人の船頭が棹《さお》して、三十間堀を北上する。

勘兵衛は、昔のことを思い出していた。

（あれは三年前の……）

そう、六月のことであったな。

今は松平直堅を名乗り、まもなく一万石の大名ともなる権蔵は、当時、愛宕下の江戸屋敷内に匿われていた。

そして屋敷外には、権蔵の命を狙う、越後高田藩の刺客団がひしめいていたのである。

そこで勘兵衛は一計を案じ、前もって邸内の庭普請を開始した。

そして、愛宕権現社の千日参りの当日に、祭の混雑を利用して、普請人夫に化けさせた権蔵を、ほかの人夫たちにまぎれ込ませて江戸屋敷から出した。

そして権蔵を、同じ船宿の屋根舟で三十間堀を経由して、江戸郊外・押上村《おしあげむら》の隠れ家に隠したのであった。

（往事茫茫であるな……）

そんな勘兵衛の感慨をも乗せた屋根舟は、滑るように堀川の水上を進み、［森田座］

裏を抜けて木挽橋の下をくぐり抜けた。

次には［山村座］裏を抜け、三原橋をくぐる。

水路は三十間堀の先、八丁堀に入り、越前堀で霊岸島《れいがんじま》横を通って新川を進んだのち大川（隅田川）に出る、という経路が予定であった。

「園枝に、おひさ。そなたらは山国育ちゆえ舟には馴れておらぬだろう。気分が悪くなったら、遠慮なく言うのだぞ」

船酔いを気遣って勘兵衛が言ったが、

「その心配ならば無用です。どうやら船酔いは、我らには無縁のものらしゅうございますよ」

と、園枝が答えた。

「ほう、たいした自信だな」

言った勘兵衛に、女たちは顔を見合わせて笑い、園枝が答えた。

「実は、旦那さま方がお留守の間、長助爺に頼んで、舟で浅草までまいり、浅草寺《せんそうじ》にお詣りしたあとは、あの［魚久《うおきゅう》］で、お食事までいただいてまいりましたのよ」

「ほう、そうだったのか」

思わず長助爺を見ると、長助は頭を掻いていた。

この春、浅草は三社祭の折に、勘兵衛は偽装のため園枝やおひさを［魚久］に連れていったことがある。

「女将のおさわさんは、わたしのことをよく覚えておいでで、帰りの舟の支度までしてくださいましたわ」

「そうか。では、また折あらば［魚久］に行こう」

［魚久］の亭主は、六地蔵の久助《きゅうすけ》の異名を持つ親分で、勘兵衛が昔、捨て子を拾ったときに世話になった。

一方、八次郎はというと、いつの間に用意したものやら、饅頭をぱくついている。

「おい、八次郎。そんなに食ったら、昼飯が入らなくなるぞ」

勘兵衛が言うと、園枝が八次郎の代わりに答えた。

「八次郎どのの胃袋は、そんなにやわではございませぬ」

和気藹藹《わきあいあい》とした舟行きである。

そうこうするうちにも、大川へ出る。

その上流のほうに、あと二十年もすれば、百二十間余の永代橋が架かるのであるが、まだその姿はない。

大川に架かる橋は、両国橋一本きりであった。

大川には、菱垣《ひがき》廻船や弁財船《べざいせん》などの大型船が係留され、多くの五大力船《ごだいりき》や荷足舟《にたり》などが行き来する。

船頭は巧みに棹と櫓を使って、向こう深川の地に舟を進めた。

この当時、深川は、まだ開発途上であって、縦横に水路が巡らされているわけではない。

それで舟は、河口近くの永代嶋と呼ばれるあたりまで行き、越中島と呼ばれる榊《さかき》原《ばら》越中守下屋敷あたりから堀川を漕ぎ上がらなければならなかった。

たとえば仙台堀だの、油堀だのは、まだなかったのである。

「へい、こちらが八幡橋、深川八幡への参道がはじまるところでございますよ」

船頭が言った。

橋横の大きな船着き場は、舟でごった返し、あわただしく船着き場を離れる舟のあとに、待ち舟が入る、といった状態であった。

祭り囃子《ばやし》の音が届いてきて、いやが上にも気分を煽《あお》る。

ようやく勘兵衛たちの舟が、船着き場に潜り込んだ。

「ご苦労だったな」

勘兵衛は心付けをはずんで舟を下り、園枝に手を貸した。

帰り舟は［利根八楼］が手配してくれる段取りになっていた。

まだ練物《ねりもの》や山車《だし》までは出ていないが、参道は、すでに人であふれかえっていた。

二町（二〇〇メートル）ばかり先には、一の鳥居が聳えている。

さらに先には、火の見櫓が見える。

八次郎が、そっと勘兵衛の横に寄り添ってきて小声で、

「去年、四月のことを思い出しますね」

と、言った。

「うむ」

勘兵衛も短く答えた。

昨年に、捨て子を拾ったことから勘兵衛は、奇妙な事件に関わってしまった。

結果、火付盗賊改方《ひつけとうぞくあらためかた》の捕り物を手伝い、ゆえあって、あの櫓下あたりに見張りを兼ねて潜んだのである。（拙著：月下の蛇）

だが、あれは夜のこと、昼間に見る馬場道《ばばみち》（参道）は、まるで様子がちがって見えた。

一行は、一の鳥居をくぐり、人混みのなかを東へ東へと進んだ。

そのあたりから、両側町の様子は一変する。

ものの本に——。

当社門前一の華表《とりい》より内三、四町が間は西側茶肆《ちゃや》、酒肉店《りょうりや》軒を並べて、常に弦歌《げんか》の声絶えず、殊に社頭には二軒茶屋と称する貨食店《りょうりや》ありて、遊客絶えず、牡蠣《かき》、蜆《しじみ》、花蛤《はまぐり》、鰻鱺《うなぎ》魚の類いをこの地の名産とせり。

と、書かれている。

2

富ヶ岡八幡宮で流鏑馬を見物して、勘兵衛一行が［利根八楼］に上がったのは、そろそろ四ツ半（午前十一時）を過ぎたころであった。

通されたのは、二階座敷だ。

ここのかかりは、すべて松田持ちなのだが、勘兵衛はそつなく、案内の仲居に心付けを握らせておいた。

さっそく、女将が挨拶にやってきて、

「当店の女将、せい、と申します。先ほどは、過分の御祝儀をいただき、まことにありがとうございます。以後、御贔屓《ごひいき》のほどお願い申し上げます」

まだ色香の残る、四十前後のこの女将が、松田の妾の朋輩らしい。

女将は次に窓際によって、

「この座敷からは、ほれ、八幡さまの二の鳥居が目の前でございます。山車やら、踊り舞台やら、各町が出します練物なども、みんな、あの鳥居を通って境内に勢揃いいたしますから、あらかたの見物は、ここからご覧になれますよ」

なるほど、ここは特等席であった。

「それでは、御膳の用意にかからせていただきますが、その前に、お酒《ささ》などお運びいたしましょうか」

「うむ。茶のほうも頼む」

言って勘兵衛はつけ加えた。

「八ツ（午後二時）どきに、わたしを訪ねて二人ほど来客がある。よろしくお願いする」

「はい。承知いたしました」

女将は胸をぽんと叩いて、下がっていった。

「いやあ、こりゃあ、まさに特等席ですね」

さっそく八次郎が、窓辺に寄っていって言う。

「うむ。松田さまの顔じゃな」

言って、勘兵衛も園枝をうながし窓べりに立った。

八幡宮の二の鳥居は、やや左下に見える。

そこから、次つぎと神輿《みこし》が出はじめて、音曲も賑やかに祭気分を煽った。

「あの神輿は、御船蔵の横あたりまで行くんですよ」

「ほう」

八次郎が言うのに、勘兵衛は相槌を打った。

（それにしても……）

見下ろす八幡宮の境内は、とても一望できるものではない。

なにしろ、社地六万坪という広さであった。

その八幡宮の右端、すなわち西端から先は、まだ浅瀬の海が広がっていた。

その地が埋め立てられて、浅草三十三間堂が、そこへ移ってくるのは元禄《げんろく》になってから、また木場町の掘割が完成するのは、もっとあとのことである。

さらには、のちには江戸三大祭りのひとつ、といわれるようになった八幡祭は、この当時、それほどの規模を誇っていたわけではない。

天和《てんな》三年（一六八三）に出版された『紫の一本《ひともと》』では、〈わずかの祭なり〉と、軽く切り捨てられている。

もっとも前年の天和二年に、幕府によって本庄・深川の地から、武家地も町家も総引き上げをし、あとは田畑に戻せと命じられた直後のことだから、祭のさびれようも、ひどかったのではないかと思われる。

酒が出て、料理の膳も次つぎと運ばれてきた。

ちょうどそのころになると、御幣《ごへい》に太鼓、榊を先頭に、赤笠を揃いでかぶって三味線を弾きながら練り歩く、地走り、という集団が参道を進んできて、二の鳥居へと入っていく。

それを皮切りに、娘や子供たちが手踊りする踊り屋台、お囃子を乗せた底抜け屋台、というふうに続く。

勘兵衛や園枝たちは、その見物で食事どころではなかったが、八次郎は一人、黙黙と食膳に舌鼓を打っていた。

あっという間に、一刻（二時間）ばかりが過ぎたころ、仲居に案内されて、榎本順哲と画帳を携えた老人の二人がやってきた。

さっそく順哲が、老人を勘兵衛に紹介した。

「こちらが、かの高名なる絵師の、菱川師宣さんです」

色惚け爺いと呼んでいたくせに、いやに真面目な紹介であった。

小柄な、どことといって特色のない老人である。

勘兵衛も応える。

「これは、わざわざ、ご造作をおかけして痛みいります。わたしは、落合勘兵衛と申します」

「はいはい。しちめんどうくさい挨拶は抜きにいたしましょう。このマセガキに聞いたところでは、わしになにかご用がおありとか、して、どのようなことであろうかの」

師宣も、けっこう口が悪い。

「では、さっそくに……」

と言いかけたところで、師宣が手をあげた。

「まことに不躾《ぶしつけ》ながら、わしにも願いがあります。ほれ、そちらの女性《にょしょう》にございますが……」

と、指さしたのは園枝であった。

「いや、実に絵心を刺激する。そちらのご用をお聞きする間、ちょいと描かせてもらってもよろしいかな」

言いながら、すでに帯の矢立《やたて》を抜いて、筆を取り出しはじめていた。

「はあ、それはかまいませぬが……」

園枝を見ると、小さくうなずいた。

勘兵衛は言った。

「単刀直入にお尋ねいたします。以前のことかもしれませんが、先生の門人に、菱川道房という者がおりませんでしたか」

「ふむ。菱川道房なあ」

早くも開いた画帳に筆を走らせながら、師宣は首を傾げた。

その横で、なにやら、こそこそと声がするので、見やると八次郎が順哲に酒を注いでいた。

「さて、道房、道房、ふむ、なにやら覚えがあるような……」

ぶつぶつ言いつつも、師宣は園枝を見つめ、目を画帳に戻し、ひとときも筆を持つ手を休めない。

そして、しばしののち――。

「ふむ。思い出した。あやつは道次郎《みちじろう》といいましてな。十五の歳から我が門人となって、かれこれ十年ほどはおりましたろうか。まあ、そこそこの腕にはなりましたもので、菱川の名を与えて道房と、わしが名づけてやりました。もう、独り立ちをしておるはずですが、そういえば、一向に、菱川道房の名は聞こえませんなあ」

「すると、居場所などは……」

「うん、うん、一時は、日本橋あたりの呉服問屋の居候になっているとも聞きましたが、今は、どこにおるのやら」

再び首を傾げながら、師宣の筆は止まらない。

「道次郎というたそうですが、実家はどちらになりましょうか」

「ふん。そのことじゃ。あやつはたしか、小梅村の庄屋で、道右衛門《みちえもん》という者の伜じゃよ。もっとも妾腹で、ふん。そこそこ有徳《うとく》（裕福）な父親のおかげで、金遣いも荒く、門人のころは、我が家からも近い橘町の伝兵衛店《でんべえだな》に住んでおったが、店賃を溜め込んで、ついに追い出されたとか聞いたがなあ」

「ははあ」

概略はつかめた。

「で、ほかに尋ねたいことは？」

「いや、以上でございます」

「そうかい。ほら、できた」

言うと、画帳を勘兵衛に渡した。

「ほう、こりゃあ、見事なものですね」

思わず、誉めた。

墨画ながら短時間のうちに、園枝の特徴をよくとらえた美人画が描かれている。

「それは光栄」

言うと、師宣は勘兵衛から画帳を受け取り、器用な手つきで画仙紙をちぎると、

「じゃあ、これは、そちらの女性《にょしょう》に進呈いたしましょう」

勘兵衛に渡ったので、それを園枝にまわした。

園枝は、その画を見て、

「まあ！」

ひと言、嘆声をあげたのち、

「ほんとうに、頂戴してよろしいのでございましょうか」

と、言った。

師宣はすでに筆を矢立にしまいながら、

「かまいませんとも。一度描いたからには、もう目の奥に焼きついておりますから、同じものを何枚だって描《か》けますよ」

いかにも当代一の絵師らしいせりふを言って、

「いや、こちらこそ思わぬ眼福《がんぷく》を得させていただきました。もしわしに、さらにお尋ねしたきことがございましたら、このマセガキに、いつにてもお言いつけください。では、これにて……」

さっさと立ち上がると、マセガキと呼ばれた順哲もあわてて立ち上がり、菱川師宣は飄飄として去っていった。

なにゆえ、道房のことを尋ねるのかなどは、ついぞ、問いさえしなかった。

それにしても、順哲は師宣を色惚け爺い、と呼び、師宣は順哲のことをマセガキ、と呼び、二人は案外に気のあった者同士であるらしい。

八次郎が、窓外を伸び上がるように見て、

「それにしても師宣先生、眼福を得た、などとのたまいましたが、なにを見たんでしょうか」

などと言う。

すると、飯炊きの長助が、

「ご新造さまが、美人だと誉めたんじゃないか」

と、返して——。

「あら、そんな……」

と、園枝が照れている。

3

翌日のことである。

勘兵衛は、一旦、松田の役宅に顔を出して松田に昨日の礼を述べた。

そののち、愛宕下の江戸屋敷を出ると、八次郎とともに室町三丁目の浮世小路のところまで歩き、

「では、頼んだぞ」

「はい。承知いたしました」

言って八次郎は浮世小路に入り、勘兵衛のほうは、またまっすぐに日本橋通りを北上した。

菱川道房の居所がわかったわけではないが、多少の手がかりは得た。

菱川師宣の話によると、道房は、以前は橘町の伝兵衛店に住んでいたとのことであった。

そこで八次郎には、その伝兵衛店を探し出し、大家や住民から、情報の収集を命じていた。

一方、勘兵衛のほうは菱川道房こと、道次郎の生家を訪ねるつもりだ。

本来ならば、まずは坂口喜平次に知らせるべきであろう、とは思う。

しかし、せっかく乗庵のところで生活を立て直しはじめたばかりのところだから、あまり心を乱したくない。

お節介ではあろうが、ある程度のことを下調べしてからでも、遅くはあるまい、と勘兵衛は考えたのだ。

（それにしても……）

と、勘兵衛は思う。

菱川師宣によれば、道次郎は師宣の門人として、十年近くを過ごしている。

それを、師宣の伜が知らぬはずはない。

（思うに……）

菱川師宣の長男は師房《もろふさ》、次男は諸永《もろなが》と名乗るそうだが、その長男が、坂口に対して道房など知らないと答えている。

おそらくは、尾羽打ち枯らした子連れの浪人者を軽く見て、あるいはおかしな関わりを持ちたくなかったのであろう、と勘兵衛は思うのだ。

勘兵衛は十軒店《じゅっけんだな》の手前から本町《ほんちょう》三丁目に入り、牢屋敷のある小伝馬町《こてんまちょう》を通って両国橋西の広小路に出た。

西の広小路では、髪結の床店やら、屋台店やら、小屋掛けの見世物などが出て、相変わらず賑わっている。

そんな賑わいを横目に浅草橋を渡ると、勘兵衛は下平右衛門町《しもへいえもんちょう》の船宿に入って、一隻の猪牙舟を雇った。

「小梅村でござんすか。どのあたりにつけやしょう」

まだ若い船頭が尋ねてくるのに勘兵衛は、

「そうだな。三囲稲荷《みめぐりいなり》の手前、たしか苗木の植え溜めがあるあたりに、橋があったな」

「ああ、源森橋《げんもりばし》でござんすね」

「そういうのか」

「へい。源兵衛橋、また枕橋《まくらばし》ともいいまさあ」

言いながら、船頭は舟を出した。

小梅村は、中之郷村《なかのごうむら》、須崎村《すさきむら》に押上村を併せて、牛島《うしじま》四ヵ村という。

勘兵衛はこれまで、何度か押上村まで足を運んでいたので、多少の土地鑑はある。

（さて……）

源森橋袂の船着き場に下りた勘兵衛だが、大川べりから東は、見霽《みはる》かすばかりの百姓地で、目立つのは小梅村の鎮守で、北方に見える三囲稲荷と、すぐ目前に見える寺だけであった。

この小梅村、元禄のころから水戸中納言《みとちゅうなごん》の抱え屋敷をはじめとする武家地が進出するが、勘兵衛が見る風景は、のどかな田園に水路が広がっているばかりであった。

（とにかくは……）

二町（二〇〇《メートル》）ばかり先の寺をめざした。

山門前の石碑には〈行泉寺《ぎょうせんじ》〉と刻まれていた。三十五年ほどのちには、訳あって常泉寺《じょうせんじ》と名が変わる。

山門をくぐると、いやに長い参道が続き、やっと境内に出た。

折良く小僧が境内の掃除をしているのをつかまえ、小梅村の庄屋の家を尋ねた。

源森川が上水に変わり、それが二股に分かれるところの手前がそうだと言う。

「ひときわ大きな茅葺きの家で、破風《はふ》のところに、屋号の分銅秤《ふんどうばかり》飾りがあるんで、すぐわからあ」

と、親切に教えてくれた小僧に駄賃を与え、勘兵衛は再び山門に出た。

あとは源森川に沿って東へ進む。

それらしい農家は、すぐに見つかった。

「ごめん」

開きっぱなしの戸口のところから、内土間に向かって声をかけると、女が出てきた。

「拙者、落合勘兵衛と申す者、お庄屋どのはご在宅か」

と、勘兵衛は、やや厳めしい調子で言った。

「へい、ちょいと、お待ちくだせえ」

女が土間の奥へ引っ込むと、やがて座敷のほうから、三十がらみの男が出てきて、

「手前が、小梅村庄屋の道太郎《みちたろう》でございます」

畳に手をついて、慇懃《いんぎん》に頭を下げた。

はて、と思いながら勘兵衛は尋ねる。

「さようか。小梅村の庄屋は、たしか道右衛門どのと聞いてまいったのだが」

「それなら、わたしの父でございます。残念ながら昨年に亡くなりまして、わたしはその跡継ぎでございます」

「そうでしたか。それはご愁傷《しゅうしょう》なことでございましたな」

するると、道太郎が座敷に上がるようにと勧めた。

「いや、それには及ばぬ。では、この上がり框《かまち》をお借りしよう」

勘兵衛は、土間から座敷に上がる框に斜めに腰かけた。

「用というのは、ほかでもない。貴殿には菱川道房を名乗る弟がござろう」

勘兵衛が言うと、道太郎の表情が固くなった。

「いや、ほかでもない。実は菱川道房どのに屏風絵を所望したいのだが、あいにく居所がわからぬ。それで、こちらをお訪ねした次第だ」

すると道太郎、

「それはまた、ありがたいお話でございますが、あいにく、あやつの居所は、わたしにもわかりません。というのも、あやつは、昔からとんだ穀潰《ごくつぶ》しでございましてな。しばらく顔すら見せませんでしたが、この春先に、ひょこっとやってきて、いきなり金の無心でございますよ。父親《てておや》の亡くなったことさえ知らず、金輪際、この家の敷居を跨ぐな、と追い返してしまいましたでな」

「そうだったのですか。ふうむ」

これは困った、という顔をした勘兵衛に道太郎は、

「ご存じかどうか知りませぬが、あやつは、死んだ親父が妾に産ませた子でございまして、な。母親は、おそのといって村の若後家でございましたが、今は三囲稲荷前の竹屋の渡しのところで、小さな茶屋をやっております。ま、実の母親のところですから、あやつも顔を出しているはず。そちらで、お聞きなされば、居所くらいは知れましょう」

「さようか。いや、手間を取らせた。では、さっそくそちらに出向いてみよう」

勘兵衛は礼を言って、庄屋宅を出た。

再び源森橋に戻った勘兵衛は、大川の川面すれすれに飛ぶ千鳥の群れを眺めつつ、大川左岸の土手道を進んだ、
三囲稲荷へ下っていくところに二軒ほどの茶屋があったが、三囲稲荷社と待乳山《まつちやま》の麓を結ぶ、竹屋の渡しの船着き場へ下っていくところにも、小さな茶屋がある。

（ふむ……？）

おそらくは船着き場に近いほうであろうと、見当をつけた。

ちょうど渡し舟が出ていったところで、茶屋の客は一人もいない。

四十半ばの女が、床几に散らかされた湯呑みをかたづけていた。

「おそのどので、ござろうか」

勘兵衛が声をかけると、女は驚いたような顔になり、まじまじと見返した挙げ句に、

「どちらさまで、ございましたでしょうか」

首を傾げた。

「いや、お会いするのは初めてでござる。拙者、落合勘兵衛と申す者、まずは茶など所望いたそう」

茶屋の客となって、おそのが茶を運んでくるのを待った。

そして勘兵衛が、つい先ほど小梅村の庄屋のところを訪ねたことを話し、

「ほかでもない。そなたの伜に菱川道房という絵師がいよう」

尋ねると、

「ああ、とんだ親不孝もんだ。三年も四年も顔を見せないと思ったら、いきなり顔を出して、金を都合してくれ、なんて、言いやがる。おらあ、昨年に旦那に死なれたあとは、もう、お手当の金さえもらえなくなった。残ったのは、このみすぼらしい茶屋だけだ。食っていくだけでやっとというのに……」

おそのの愚痴がはじまった。

「でも、まあ、よほどに困っているようだったから、それこそ掻き集めて、あるだけの金は渡してやったよ。やるんじゃあない。貸すんだよ。きっと返しておくれよって頼んでね」

「そうでしたか。で、今は、どちらにお住まいでしょうか」

「うーん。それがねえ」

おそのが言い渋るのに、勘兵衛は言った。

「実は、我が主が、菱川道房という絵師に、屛風絵を所望なのだ。しかし、どうしても居所がわからぬのでのう」

すると、おそのは、

「まあ、ほんとうでやんすか。それはありがたいお話でごぜえます。それこそ大金はたいて、菱川師宣さんのところで画の修行をさせた甲斐があるというもんですよ。いえ、実は先日にね。感心なことに、借りた金を返しにきたんだよ。そのとき聞いた話だと、本庄(のち本所)の語り物の女師匠のところに住んでいると言っておりましたよ。あの子は、あれで、女にはよくもてますんでねえ」

「ふむ。本庄の、どのあたりかはわかりませんか」

「そこまでは、教えてくれなかったねえ。ああ、そうそう。絵師としての菱川道房と

いう名は、もうやめて、これからは、こうめもろみち、と名乗るなんて言ってたから
ね。そのつもりで、探してやっておくれんかの」

「こうめもろみち……どのような字を書くのかな」

「あいにく、おらあ、読み書きのほうは……」

「さようか」

茶代を払い、再び土手道に戻った勘兵衛は、しばし考えた。

こうめもろみち、の、こうめ、は、おそらく小梅であろう。生地の小梅村からとったのだ。

また、もろみち、の、もろは、師匠筋の師で、みちは、道の字であろうと類推がつく。

おそらくは、小梅師道――。

浜松城下で問題を起こした道房は、江戸に逃げ帰ったのち、万一のことを考え、画名までを変えたと思われる。

だが、本庄といっても、あまりに広い。

唯一の手がかりは、道房こと道次郎は、語り物の女師匠のところにいる、ということだ。

語り物とは、浄瑠璃《じょうるり》全般をさしていう。

（さて……）

となると、頼りになるのは、あの者しかいない。

ようやく、次の一手を思いついて勘兵衛は、堤の道を大川の水が流れる方向へと歩きだした。

4

大川左岸の土手道を歩き通して、勘兵衛が両国東の広小路に出たのは、もうとっくに正午を越したころだった。

（まずは飯だな）

この当時、回向院《えこういん》の門前は、すべてが防火のための明地《あけち》となっていて、勝手に家を建てて食い物屋を営んでいるところもあったが、まだ町の名前さえもない。

それで東の広小路には、床店や食い物屋台などがずらりと並ぶ。

近ごろには、掛け矢を競う小屋掛けの揚弓場《ようきゅうば》などもできて、賑わっている。

しかしながら武士たる身で屋台ものを食うわけにもいかず、勘兵衛は、一旦は両国橋を渡って、横山町の料理屋に入って昼餉をとった。

そのついでに、土産の菓子を求めたのちに、川向こうへ渡った。

両国東の広小路の南に、本庄（のち本所）開拓に際して大川から、中川まで竪《たて》に二六八八間（四八八七メートル）の堀川を採掘した竪川《たてがわ》というのがある。

その最初の橋が一ッ目之橋《ひとつめのはし》、竪川に沿った川沿いの道を勘兵衛は東に歩いた。

そのあたりも明地となっているのだが、川に沿って続く町家は、これすべて無許可に建てられたものだから、やはり町の名もない。

それで土地のひとは、ここらを〈一ッ目〉、二ッ目之橋から先を〈二ッ目〉と呼んでいた。

さて、ところどころは草ぼうぼうの空き地となっている、その二ッ目に、ぽつんと大きな一軒家が建っている。

そこからもう少し行ったところの河岸地には［いづや］という貸し舟を兼ねた船宿があるが、いずれも無許可の建物であった。

それはそれとして、勘兵衛が訪ねたのは、大きな一軒屋、そこが［瓜《うり》の仁助《にすけ》］と二つ名をとる、本庄奉行同心の桑田又左衛門《くわたまたざえもん》から手札をもらって、土地の岡っ引きを務める親分の家だ。

仁助は喧嘩売《けんかばい》を稼業とする香具師《やし》であったが、腕と度胸を買われて十代の若さで香具師の小頭《こがしら》となって、売りの仁助が［瓜の仁助］の異名となった。

二年前、国許から愛宕下の江戸屋敷に使いとしてやってきた、永井鋭之進《ながいえいのしん》という家士が、本庄の馬場筋で斬殺死体となって発見されるという事件があった。

それがきっかけで、勘兵衛は仁助と知り合い、以降、なにかと頼み事をする仲となっている。

「ごめん」

瓜の絵が描かれている腰高障子をがらりと開けて、勘兵衛は訪《おとな》いを入れた。

仁助の家の土間は広く、二間（三・六メートル）も先に上がり框がある。

框の先には、行く手を塞ぐように、竹に虎が極彩色で描かれた大きな衝立が、どんと置かれている。

「あいよ。どちらさんだい」

衝立の横から、ひょいと顔を覗かせたのは、仁助の女房のおよしで、勘兵衛の顔を見るなり、

「あれ、勘兵衛さんだ。うわ、久しぶりだねえ」

いかにも嬉しげに、にこにこ笑う。

およしは二十一、仁助は二十三歳と若い夫婦だ。

「いや。ご無沙汰をした、と言っても、この新春には、ご亭主どのが祝いの酒を、お届けくだされた。改めて礼を申す」

「うん、うん。きれぇなお嫁さんだってねえ。あたいも一緒に行きたかったのに、うちの唐変木《とうへんぼく》が、どうあってもいけねえ、なんてぬかすもんでね。あ……、ごめんよ。まずは奥へお通りくださいよ」

「仁助どのはご在宅かね」

「いる、いる。近ごろはめぼしい事件《ヤマ》もないもんで、退屈しきって、鼻毛を抜いては、くさめをしてらあ」

およしは、相変わらず、ぽんぽん威勢がいい。

「では、ちょいとお邪魔をする」

勝手知ったる、とばかり、勘兵衛は仁助のいる居間へと通った。

仁助との挨拶もそこそこ、勘兵衛が話しはじめると、

「へえ、妻敵討ちかね」

仁助は目を丸くして、

「そういうのがあるってのは、話には聞いていたが、いやさ、二本差しってぇのは厄

介だねえ。俺っちなんざは、不義くらいは金ですませちまうんだがなあ」

溜め息をついている。

「で、その、かたきなんだが……」

詳しい経緯はすっ飛ばして、勘兵衛が依頼の内容だけを伝えた。

すると、仁助が繰り返す。

「ふうん。語り物の女師匠のところに転がり込んでいる、小梅師道、を名乗る絵師か。でもって、中肉中背の優男で、唇の右端の黒子《ほくろ》が特徴ねえ」

「それだけでは、埒《らち》が明きそうにないか」

「とんでもねえ」

仁助が面《つら》の前で、手のひらを、ひらひら振っているところに、およしが、盆に二合徳利を二本乗せて運んできた。

「あいにくなことに、たいしたもんはないんだけど……」

と、蛤《はまぐり》の時雨煮《しぐれに》らしい小鉢を畳の上に置き、横に盃も置き、

「勘兵衛さんは、ぬる燗がよかったんだよねえ」

と、言いながら、徳利を持った。

「これは、すまぬ。いや、よく覚えておいてくれたなあ」

「あったりきでぇ」

と言いながら、勘兵衛の盃を満たすと、次には、

「はい。おまえさん」

仁助の盃にも酒を注ぎ、向かい合わせの勘兵衛と仁助、とりあえず盃を上げて、一口飲んだ。

仁助が言う。

「話の腰を折られちまったが、埒が明くも明かねえもねえ。語り物の女師匠のところ、というだけで、どうにでもなろうというものさ」

「いけそうかい」

「おう。本庄界隈を根城にした香具師仲間を総動員してでも捜し出してやるさ」

自信たっぷりに言った。

そのとき、勘兵衛は、ちらと竹屋の渡し近くの茶屋で話した、道次郎の母親の顔が浮かんで、小さく胸が痛んだ。

再び酌をしながら、およしが言う。

「語り物というと、浄瑠璃だよね」

仁助が答える。

「まあ、そういうことだ。それの女師匠となれば、この本庄あたりじゃ、どっちみち知れた数だぜ」

「ということは、一中節《いっちゅうぶし》だねえ。家元は、都太夫《みやこだゆう》一中、けれど、一中節は、本家の都派のほかにも宇治派だとか、管野《すがの》派だとかがあるそうだよ」

「おめえ、よほどに暇なんだな。自然に耳に入ってくらあ。ええ詳しいじゃねえか」

「そんなもん。自然に耳に入ってくらあ。こう見えても、あたいは女なんだぜ」

「おう。口の利き方さえ、もうちょい、なんとかすらあな」

今にも夫婦喧嘩がはじまりそうだが、この夫婦は、いつもこうである。

5

[瓜の仁助]は、胸を叩いて引き受けてくれたが、またたく間に半月ほどが過ぎ、とうとう九月に入った。

まだ、道次郎発見の知らせはない。

なにしろ本庄は、広すぎるほどに広いし、無許可、もぐりの家も多くあって、思うようには探索が捗《はかど》るはずもなかった。

その間、勘兵衛は、楽屋新道の［みのや］に顔を出して、順哲に礼を述べたり、松田町の［高山道場］に通って小太郎に稽古をつけたりもしている。

小太郎は、特に無駄口は叩かないし、勘兵衛のほうでも、特にその後のことは尋ねなかったが、一家の面面と日高信義は、けっこう波風も立てずに過ごしている様子に見受けられた。

さらには、乗庵のところにも様子を見にいったりと、それはそれで勘兵衛は、けっこう多忙な日日を送っていた。

まだ坂口に、事情を告げるわけにはいかないが、父子ともに元気に暮らしている。

そして乗庵が言うには――。

「実のところ、あの坂口どのは、とんだ拾い者でございました。と言いますのも、旧藩では、お勝手掛でございましたそうで、特に帳簿づけなど見事なお手並みでございましてな。おかげさまで、わたしとしましては、まことに重宝してございます」

かえって礼を言われる始末である。

九月の朔日《ついたち》は更衣《ころもがえ》で、勘兵衛も単衣《ひとえ》の小袖を袷衣《あわせ》に変えた。

そして三日目、非番と称して勘兵衛が町宿にいると、［若狭屋］の手代が使いにやってきた。

で、その口上が――。

「主が申しますには、かねてご依頼の件、多少ながら目鼻もつきましたによって、お暇な折にもお立ち寄りくだされたく、とのことでございます」

依頼の件とは、小浜にて、山路亥之助たちと一つ屋根の下で暮らしている、条蔵という男の正体にほかならない。

勘兵衛は中食をとったのち、さっそく九段坂まで出向いていった。

「若狭屋」の主は長十郎《ちょうじゅうろう》といって、四十前の美男であった。

その長十郎が言う。

「小浜からの知らせでは、お尋ねのあった条蔵というのは、元は小浜城下の「松浦《まつうら》屋《や》」という漆《うるし》・若狭塗所《わかさぬりどころ》にいた塗り職人ではないか、とのことでございます」

「ははあ、塗り職人でございますか」

勘兵衛は眉をひそめた。

「はい。元もと若狭塗は慶長《けいちょう》のころに、漆塗り職人で松浦三十郎《さんじゅうろう》という漆塗り職人が、菊塵塗《きくじんぬり》という技法を開発したのがはじまりで、先ほど申しました「松浦屋」は、その流れにございます。「松浦屋」では、その後に磯草塗《いそくさぬり》という新技法も編み出して、今のような塗りが完成したのでございますが、小浜の殿さまの御高覧があって、これを小浜の特産品にしようとのお声掛かりで、名も若狭塗とせよ、と殿さま直《じき》じきの御命名でございました」

「なるほど」

「一方、箸の本体のほうは、小浜藩足軽たちの内職と定め、もっぱら塗りのほうは［松浦屋］のほうでおこなわれる。で、お尋ねの条蔵でございますが、その［松浦屋］でも腕のよい塗り職人であったそうですが、いかんせん、博奕《ばくち》で身を持ち崩し、昨年の夏あたりから姿を消したと申します」

「ふむ！」

勘兵衛は、思わず膝を打つ思いであった。

弟の藤次郎によると、白壁町にたむろしていた賊のうち、二人がいずこかへ旅立ったのが昨年の夏四月、もしその行き先が小浜であったなら、条蔵が姿を消した時期と、ぴったりと重なる……。

長十郎は、さらに続けた。

「して、その後の条蔵でございますが、なんでも小浜城北方の、本小松原というところの町家にて、素性の知れぬ浪人たちと暮らし、足軽内職の竹箸を買いつけてきては、なにやら、こそこそやっておる、というようなことでございますよ」

（もう、まちがいはない）

勘兵衛のうちに、小さな昂奮が湧き上がってきた。

「そうですか。いや、短期間のうちに、よくぞお調べいただきました。ほんとうにありがとうございます」

「いえ、いえ、お役に立てれば幸いです」

柔和な笑みを浮かべる長十郎であった。

過日に、ふと勘兵衛は、山路亥之助たちが小浜でおこなっておるのは、もしや毒箸の開発と製作ではないか、との思いを抱いたものだが、それが非常に現実味を帯びてきた。

（これは、やはり、松田さまの耳に入れておかずばなるまい）

そこで勘兵衛は、九段坂の［若狭屋］を辞したあと、まっすぐ愛宕下の江戸屋敷に向かった。

「ふん、ふん。なるほど芫青の毒を象嵌《ぞうがん》したる若狭塗箸か。いや、おまえの話を聞いていると、いかにもそのように、わしにも思える。いやあ、あやつらも、いろいろと考えるものじゃのう」

　と、松田は言って、

「それにしても、おそろしい話じゃ。さて、はたしてそのような代物《しろもの》ができるものか、また、万一できたとしても、箸などというのは使う前に水洗いをするであろうから、そうそう思うようにはいかぬ、とも思えるが、万万一ということもある。勘兵衛、このこと一日も早く、日高信義どのに伝えてやってはどうじゃ」

「はい。わたしも、そう考えております」

「それにしても、おそろしい話ではあるが、なかなかに、おもしろい話のネタではあるなあ……」

　ふと、松田は遠くを見つめるような目つきになった。

（さては……）

　近ごろの勘兵衛には、松田の思考の動きが、だいたいわかるようになった。

　松田は、大和郡山藩支藩が、そのような毒箸を作ろうとしているようだ、との話を土産に、おそらくは老中、稲葉美濃守正則の元を訪ね、ついでに、近ごろの幕閣の動きを探ってこようという腹づもりを練っているにちがいない。

本庄・柳原《やなぎわら》

1

翌朝、勘兵衛は早めに町宿を出ると白壁町に向かった。

日高信義に連絡《つなぎ》をつけるためだ。

直接に、紺屋町の陰宅を訪ねることも考えたが、そこには小太郎をはじめ、一気に八人もの人数が入っていて、とても秘密の話などはできない。

一方、日高のほうは、賊の巣窟である白壁町の町並屋敷の動向を探るため、散策と称して、日に何度かは付近を逍遥《しょうよう》しているのだと聞いた。

それを途中でつかまえる、という手が、いちばん無難に思えた。

それで勘兵衛は、その日、着流し姿で脇差一本だけを腰に、白壁町に向かったのである。

まあ、無役《むやく》の貧乏御家人《ごけにん》くらいに見えなくもなかろう。

（さて……と）

鍛冶町一丁目から白壁町の通りに入った勘兵衛は、天水桶のところで立ち止まり、通りを一望した。

そこから、あの簓子塀の町並屋敷は見えないが、隣りに建つ酢問屋の［丹波屋］の軒看板は見えた。

その向かい側の手前に蕎麦屋がある。

勘兵衛の足は、再び動きはじめた。

（あそこにしよう）

朝食には遅く、昼飯どきには、まだ時間がある、という微妙な時間帯だ。

蕎麦屋には、客の一人もいなかった。

そのうえ、

「すいませんねえ。まだ、蕎麦が打ち上がっていなくって」

店の亭主らしいのが、顔を出して断わりを入れてきた。

「いや。蕎麦はよい。種物《たねもの》だけで酒をもらおう。それも冷やでいい」

「そうですかい。へい。承知いたしやした」

通りを見通せる、一階の土間席に陣取り、小女《こおんな》が運んできた、薄切りの蒲鉾やら、椎茸の含み煮やら、炙った浅草海苔を肴に、ちびちびと冷や酒を口に運んで待った。

そうやって半刻（一時間）ばかりもねばっていると――。

（お……！）

勘兵衛は鍛冶町のほうからくる、老人の姿を見いだして頬をゆるめた。

商家の隠居がかぶるような、真四角な枡頭巾《ますずきん》をかぶり、やや腰を曲げ杖をついて、ゆっくりした足どりでやってくる。

日に数度、それも毎日の哨務となると、変装だけでもたいへんなことであろうな、と勘兵衛は、改めてのように日高信義の苦労を思った。

その日高は、蕎麦屋にいる勘兵衛に気づくことなく通り過ぎた。

勘兵衛も静かに立つと、すでに準備していた一朱金（二五〇文）を小女に渡し、

「釣りはよい」

「あれ、まあ、こんなに……」

驚きの声を背に、通りに出た。

それから、ゆっくりと日高のあとからついていった。

日高が［丹波屋］の前を過ぎ、変わらぬ歩調で町並屋敷の前を過ぎた。

その白壁町の通りは、武家屋敷に突き当たる。白壁町といいながら、突き当たりの加藤織部《かとうおりべ》という旗本の屋敷塀は、鼠色に汚れている。

そこを左に曲がれば、［高山道場］のある松田町への道筋だが、日高は右へと曲がった。

曲がる際に、ちらりと後ろを振り返ったようだ。

（お気づきに、なられたかな？）

思いつつも、勘兵衛は歩調を変えず、一定の距離を保ったまま右に曲がる。

すると、はたして日高は、旗本屋敷の角のところで、いかにも疲れを癒しているように、鼠色の土壁に凭れて、こちらを見ている。

ちらり、と笑った。

それから勘兵衛に、ついてこいとでも言うように、角を左に曲がり、その先にもある武家屋敷が尽きるところを右に曲がった。

勘兵衛は、黙ってあとをついていくだけだ。

行く手を左右に横切る通りは紺屋町通りである。

それから日高は、紺屋町三丁目の角にある稲荷社に入った。

たいして広くもない境内であったが、人っ気はない。

日高は赤い前掛けをつけた稲荷狐の石像に凭れて、勘兵衛を待っていた。

「なにやら、大事なご用でもありそうじゃな」

自分を待ち受けていたらしい、勘兵衛の登場の仕方から、そうと察したか、日高はそう言った。

「はい。急ぎ、お耳に入れておきたきことがありまして……」

勘兵衛は小浜にて、弟の藤次郎と同輩の清瀬拓蔵が見張りを続けている、条蔵の正体を教え、自分の類推したことを詳細に説明した。

「むむう……、毒箸か、こりゃあ容易ならぬことじゃ」

日高は目を剝いたあと、

「いや、それにしても、よくぞ、そこまで調べて知らせてくれた。まことにかたじけない。かたがた礼を申す」

枡頭巾の頭を、深く垂れた。

「たまたま、箸問屋に知辺《しるべ》がいただけのことです」

「となると、藤次郎と拓蔵だけでは心許ない。なにしろ、相手は五人もおる。二人だけでは手も足りぬ。されば、あと四、五人ほどは小浜に送り、抜かりない目配りを続けねばならぬ」

　決然とした口調で言った。

「では、勘兵衛どの。わしはこの足で江戸屋敷に出向き、都筑家老に、このことを話してまいる」

「そうですか。では、江戸屋敷前まで、ご同道しましょう」

「そう願えるか。うむ、小太郎たちのことについて、積もる話もあるからのう」

　本多中務大輔政長の江戸屋敷は、和泉橋から近い柳原土手の南側にある。

　ここから、そう遠くない距離であったが、慎重な日高は、ぐるっと遠まわりをして新《あたら》シ橋があるあたりの柳原通りに出てから、江戸屋敷に向かおう、と提案した。

　勘兵衛に否やのあろうはずもない。

　日高は、枡頭巾を外すと折りたたんで懐にしまい、次には杖を稲荷社裏の草陰に忍ばせ、腰をしゃんと伸ばして、

「では、まいろうか」

　二人肩を並べて稲荷社を出た。

　紺屋町三丁目の通りに出て東に進むと、また武家屋敷に突き当たり、その右隣りには地足院《ちそくいん》という寺があった。

勘兵衛と日高は、その地足院前の八丁堤に沿って東へと足を伸ばした。

その間にも日高は、あの紺屋町の隠れ家を、今度は留三の名で借りることになり、その請人《うけにん》には［和田平］の女将がなる、と話がまとまった、と言う。

「そうですか。あの、お秀さんが……」

またまた勘兵衛は、人の縁の不思議さを思う。

勘兵衛が、まだ猿屋町の町宿にいたころ、病に倒れた百笑火風斎《どうめきかふうさい》という老武芸者を助けたことがある。

そのとき、老武芸者を担いで勘兵衛の町宿に運んだのが、棒手振《ぼてふり》魚屋の仁助《にすけ》であった。

その仁助が、恋仲のお秀と所帯を持って、照降町に［銀五］という魚屋を開いたのだが、たちまち店は左前になった。

そこで勘兵衛は、お秀が［和田平］で働けるように口を利いたのであるが、そのお秀が今では［和田平］の女将になっている。

(切っても切れぬ、縁ということか)

などと、勘兵衛は不思議な思いにとらわれる。

「というても、まだ、正式には大家にも話してはおらんのだ。ま、今月中にはと思うておるがな」

と、日高は言った。

「それにいたしましても、いちどきに八人もお預かりいただいて、日高さまには感謝をいたしております。さぞや、ご窮屈ではございませんか」

「なんの。あの、おきぬとかいうおなご、まことに働き者でなあ。三度三度の飯は作ってくれるは、洗濯もしてくれるはで、わしゃあ大いに助かっておるのじゃ」

そんなことを話しながら歩いているうちに、柳原土手に出た。

2

二日後の早朝であった。

［瓜の仁助］が、息を切らせて露月町の町宿に現われた。

おそらくは、町木戸が開く明け六ッ（午前六時）を待ちかねたように駆けつけたのであろう。

「いやあ、面目ねえ」

仁助が開口一番に言ったせりふは、それだった。

そして続けて、

「お捜しの男は、ほかでもねえ、柳原《やなぎわら》で見つけやした。それが、なんと三ッ目之橋の、すぐ近くでござんしてね。なんのこたあねえ、俺っ家《おれっち》から目と鼻の先だというのに、とんだ遠まわりをしちまって、こんなに時間を食っちまった。いやあ、まことに面目ございやせん」

「いや、仁助さん。よく見つけてくださった。それより、仁助さんのことだからまちがいはないと思うが、人相風体も確かめてくださいましたか」

勘兵衛は、その点を確認した。

「へえ。この目でばっちり。おっしゃるとおりの優男で、中肉中背、ここんところに黒子《ほくろ》もございやした」

唇の右端のところを指して言い、

「それに絵師の小梅師道《こうめもろみち》を名乗っておりやす」

と続けた。

「それなら、まちがいはないな」

「へい。で、野郎が転がり込んでいる先は、やっぱり一中節《いっちゅうぶし》の女師匠で、都一梅《みやこいちうめ》。つまりは都派ということになりやすが、大年増も過ぎた三十ちょいで、それでも多少の色香は残っていて、近隣の旗本や御家人、大名下屋敷の江戸詰侍が、けっこう通ってくるそうです。一方、野郎のほうは絵師を名乗りながら画を描いているでもなく、まあ、一梅の間男というかヒモのような……」

と、いうことであるらしい。

そんな男だから、いつ、ひょいと姿を消さないともかぎらないので、師道には手下を見張りにつけている、と仁助は言った。

さらに続ける。

「ちょいと付近を聞き込んだんですが、一梅のところに稽古にやってくるのは、陽のあるうちは、女子供たちで、御家人なんかがやってくるのは、日暮れたのちの六ツ半（午後七時）くらいからで、そこに間男がいたんじゃあ、一梅の商売にも障《さわ》るってんで、野郎は暮れ六ツの鐘が鳴ると、近所の煮売り酒場に行くのが日課となっていて、そこで二刻《ふたとき》（四時間）ばかりも居座り、四ツ（午後十時）ごろに、女のところへ帰る、というようなことですぜ」

「ほう。そうなのか」

しばし考えたのち、勘兵衛は言った。

「前もって、わたしも師道の顔を見ておきたいな。今夕にでも、その煮売り酒場とやらに案内してくれぬか」

「わかりやした。といっても、俺が面を出したんじゃ怪しまれるかもしれねえ。旦那、辰蔵《たつぞう》を覚えていなさるかい」

本庄界隈では、岡っ引きとして知られる仁助だから、その用心はわかる。

「辰蔵をかい。もちろん、ようく覚えているよ」

辰蔵は仁助より二歳下の小柄な男で、仁助が少年のころからつるんでいた、弟分のような男であった。

「それじゃあ、辰の野郎に案内をさせやしょう。おそれいりやすが、拙宅のほうまで足をお運びいただけやすか」

「そうしよう。そうだな。師道が暮れ六ツ過ぎに酒場に入るなら、それより先に入っておこう。なに、ちらりと見ればすむことだ。長居はしない」

では、今夕の七ッ半（午後五時）ごろに、と時刻も決めた。

3

そして勘兵衛は八次郎を連れて、そろそろ日暮れも近いころに、両国橋を渡った。

勘兵衛も八次郎も、着古した袷衣の着流しに、脇差一本だけの姿形《なり》である。

本庄の竪川付近は武家地が多く、三ッ目之橋あたりともなると、ほとんどが御家人の拝領屋敷だ。

御家人らしく装ったほうが目立たなかろう、と考えてのことだ。

「まだ、坂口さんに知らせなくともいいのですか」

と、八次郎が、両国橋の上に長く伸びる、自分の影を見つめながら尋ねてきた。

「そう、急ぐこともあるまい。まずは、下見だ。付近の地形も見ておきたいし、師道という男に武芸の心得があるかどうかも見極めておきたい。ここまでくれば、無事に討ち取ってもらいたい、というのが人情だからな」

「それも、そうですね」

二人は両国橋東の広小路の雑踏を抜け、次には竪川に沿い東に進んだ。

すると二ッ目之橋の先で、すでに辰蔵が佇んで待っていた。

「やあ、久しぶりだなあ」

八次郎が言うと、辰蔵も、

「へい。去年の四月、火付盗賊改方の大捕物のとき以来でござんすから、もう一年と五ヶ月になりやすか……」

辰蔵は、ちょいと髷に手をやったあと、

「あの捕物で、［ひっこみ町の彦蔵《ひこぞう》］の野郎も御用になって、おかげで仁助兄ぃは、深川一帯も一手に引き受けて、今じゃあ、いい顔になりやした」

「ほう。そうだったのか。じゃあ、あの若さで大親分じゃあないか」

勘兵衛は笑った。

［ひっこみ町の彦蔵］は、仁助と同じく本庄奉行所の同心から手札をもらって、深川一帯を縄張とする岡っ引きであったが、何かにつけて仁助と敵対する博打打ちであった。

仁助は、ひと言も言わなかったが、今や本庄と深川の両方を縄張に持つ親分になった、ということである。

「では、さっそくご案内を」

「うん、そう願おう」

先達《せんだつ》をする辰蔵は、帯の背に折りたたんだ提灯を二本差し込んでいる。

(用意のいいことだ)

江戸市中はともかく、本庄あたりは自身番屋も木戸もないしで、明かりも乏しい。

おまけに、きょうは六日月《むいかつき》で、昨夜などは五ツ（午後八時）ごろには、もう月の姿は消えてなくなっていた。

勘兵衛も八次郎も、そこまでは気がまわらなかったが、やはり本庄に住む岡っ引きともなれば、そういう準備が必要なのだろう。

仁助の家は明地に建てた無許可の建築だが、ほんの二町（二〇〇㍍）ばかりも進むと明地は解けて、まばらながらも町屋や長屋が並び、村松町と町の名がある。

三ッ目之橋が架かるところから先が、村松町の三丁目で、その先から柳原がはじまる、と辰蔵は説明した。

柳原は家康入国のころ、神田柳原の土手内にあった古くからの集落が、神田川の開発、柳原土手の普請で立ち退きにあい、住民たちにこの地が与えられたそうだ。

それで柳原と呼ばれている。

竪川が横川と交わるところの手前が柳原一丁目で——。

「へい、こちらが都一梅の家でござんすよ」

辰蔵が、町中の一軒を目で示した。

勘兵衛は軽く顎を引いて、その家を確かめた。

平屋ながら、一中節の女師匠の家らしく、どことなく瀟洒な造りになっていて、黒塀横の入口には〈一中節指南所　都一梅〉の看板がかかっている。

「で、煮売り酒場というのは？」

勘兵衛が尋ねると、辰蔵が答えた。

「柳原五丁目、横川を渡った先でさあ」

「なるほど。柳原は向こうにも続いておるのか」

「へい」

横川に架かる橋は、北辻橋、竪川の向こう岸に架かるほうは南辻橋、北辻橋を渡ったあたりが柳原二丁目で、南辻橋を渡ったあたりから柳原三丁目に四丁目がある。

そして五丁目、六丁目が再びこちらに戻ってきて、二丁目の次に続くそうだ。

いずれにしても、そろそろ日も暮れようというころなのに、あまり人通りはない。

村松町あたりから注意してみてきたが、商店も数少なく、菓子屋や豆腐屋、八百屋や煮売り屋などの小商売の店が点在するばかりの、寂れた町にちがいはない。

（ふむ、ふむ）

北辻橋を渡りながら、勘兵衛は周囲を観察した。

日暮れたのちに、闘争を起こしても、たいした騒ぎにはなるまい、などと考えている。

前方に、ぽつりと、まだ灯も入っていない赤提灯がぶら下がっているところがある。

「あれか」

見当をつけて尋ねると、辰蔵はうなずいた。

「［だるまや］というんですが、土地柄、客は船頭たちが多く、貧乏御家人もやってきますそうで」

とのことだ。

なるほど赤提灯には、達磨の絵が描かれている。

けっこう大きい店だ。

がらんとした土間ばかりの店で、長床几が八つばかりも置かれていて、その周囲に腰かけ代わりの空き樽がある、といった安直な店であった。

すでに船頭らしい先客が何組かあって、飯を食ったり、酒を飲んだり、声高《こわだか》に噂話に興じている。

ここで、一杯引っ掛けたあと、近くの長屋にでも戻っていくのだろう。

勘兵衛たち三人は、隅っこのほうの長床几に腰を落ち着けた。

五十は越えているだろう女がやってきて、

「なんになさる」

と、聞く。

「冷やでいいから酒をくれ。肴のほうは、まかせらあ」

と、辰蔵が注文を出すと、八次郎が、

「あ、俺には飯をくれ」

と、言う。

八次郎は、酒が苦手だ。

「アカバナの焼いたのと、芋の煮っ転がし、それにしじみ汁でいいだか」

女が尋ねるのに、

「おお、上等、上等」

と、八次郎は上機嫌で答えた。

アカバナというのはカンパチのことで、江戸では高級魚だが、この時期は旬も過ぎていた。

さて、やがて赤提灯にも火が入り、八次郎の飯も食い終えたころ、新たな客が入ってきたり、帰っていく客もある。

勘兵衛と辰蔵は、互いに独酌で、銚釐《ちろり》で出てきた酒を、ちびちびと飲んで待った。

意外にも、出てきた肴は、どれもうまかった。

「ここの親父は偏屈者だが、料理だけはうまい。それでもっているような店だって聞きやした」
と、辰蔵も小声で解説を入れる。
店の外は、もう闇だが、まだ暮れ六ツの鐘は鳴らない。
日没から小半刻（三十分）ほど遅く、暮れ六ツの鐘は鳴るのだ。
その鐘がようやく鳴った。
（そろそろか……）
勘兵衛が思っていると、それとなく入口のほうを窺っていた辰蔵がうなずいた。
（ふむ、あやつか）
ふらりと一人で入ってきたのは、派手な縦縞の袷衣をぞろりと着た色白の優男で、
唇の横の黒子が、はっきり見てとれた。
男は、馴れた様子で、先客に愛想笑いを振りまきながら、土間の真ん中あたりの長
床几に腰を落ち着かせた。
（武芸の心得はない）
歩く腰つきから、勘兵衛は、そう判断した。
「じゃあ、出ようか」
「へい」

もう長居は無用であった。

4

翌日はあいにくの雨催《あまもよ》いであった。

それで勘兵衛は念のため唐傘を手に、乗庵の元を訪ねた。

「ま、まことでござるか」

これこれしかじかと、説明をした勘兵衛に坂口喜平次は気負い立った。

「いや、まことにかたじけない。では、今宵にもさっそく……」

と、逸《はや》る坂口に、

「まあ、待たれよ。今宵は雨になろうし、相手は逃げも隠れもせぬ。それより、準備をおさおさ怠りなく、みごと本懐を遂げられるがよろしかろう。討ち損じでもしては、後悔先に立たず、ということにもなりましょうからね」

「はあ」

事実、勘兵衛が乗庵のところへくる間に、雨が降りはじめていた。

「ところで、坂口どの、失礼ながら剣術のほうは、いかがか」

「はあ、剣術ですか……」

「自信がござらぬか」

「いや、剣のほうはさておき、拙者、国許で竹内流槍術《たけのうちりゅうそうじゅつ》を学んで、いささかの自信がござる」

「ほう。で、槍はお持ちか」

「いや、家宝の槍は、国許を出るとき路銀に替えるため売り払うてしもうた」

「ふうむ」

なんとも心許ない話だ、と勘兵衛は思った。

「しかしながら、いつ、憎《にっく》きかたきと出会うやもしれず、準備だけはしております」

「準備とは、どのような」

「竹槍でござるよ」

「なんと、竹槍でございますか」

「うむ、それにて十分、竹槍にて相手を倒し、しかるのちに、脇差にてとどめを刺す所存」

「さようか。よし、わかりました。では、差し出がましくはございますが、わたしが見届け人となりましょう」

すると坂口は、畳にぱっと平伏して、

「いや、それは心強い。まことにかたじけないかぎりでござる」

頭を畳にこすりつけるのに、

「どうか頭をお上げください。それより、まずは、いかに相手を討ち果たすか、その段取りをつけておきましょう」

師道と名を変えている道房が住む家、そして日暮れたのちに通う［だるまや］という酒場、勘兵衛は、簡単な絵図を書いて、まずは明日にも明るいうちに現場を下見したうえで、さらなる段取りを決めようと、手順を整えていった。


そして翌日の昼下がり、勘兵衛と八次郎は坂口喜平次を伴い、仁助の家に向かった。

三人が三人とも着流し姿だが、きょうはいずれもが両刀を腰にしていた。

そして坂口が持つ竹槍は、そのまま剝き出しだと怪しまれるので、先端は布にくるみ、単なる竹竿のように見せかけている。

勘兵衛は、すでに昨日のうちに仁助の家に向かい、だいたいの段取りは伝えておいた。

坂口喜平次は、仁助の家の異様な衝立に驚いた顔になった。

勘兵衛が声をかけると、仁助がすぐに衝立の横から顔を出し、

「へい。お待ち申し上げておりました。じゃあ、その竹槍は、とりあえず、こちらにお預かりいたしておりますゆえ、まずは現地の視察に行かれますかい」

と言った。

勘兵衛はうなずき、

「あまり多人数だと、目にも立とう。とりあえずは坂口どのと、わたしの二人で行ってこよう。八次郎は、ここで待っておれ」

「承知いたしました」

八次郎が答える。

「では、坂口どの。まいろうか」

勘兵衛はうながして、ふたり竪川沿いの道に出た。

ともに東に向かいながら、坂口が言う。

「いや、本庄と深川を預かる親分と聞いておったから、もっと凄みのある人物かと思うたが、あまりに若いので驚き申した」

勘兵衛は答えた。

「幼きころより、苦労を重ねながらのし上がってきた男ゆえ、腕と度胸は、生半《なまなか》なも

のではないんです」

「ふうむ。環境が人を変えるという口ですか……。いや、それにしても、あなたさまは妙に顔が広うございますな。いや、驚くばかりです」

坂口は、感心したような口ぶりになった。

「なに、たまたま、知り合ったまでのこと。それより坂口さん。三年ばかり江戸詰であったそうだが、このあたりまでこられたことは、ございますか」

「我が江戸屋敷は、不忍池の南の畔《ほとり》にございましてな。中屋敷は駒込、下屋敷が深川の安宅丸《あたけまる》横。それゆえ一ッ目之橋を渡ったことはございますが、こちらへは一度も足を踏み入れたことはございません」

「そうですか。それでは、少しばかり説明しておきましょう。ほれ、だんだんに近づいてくる竪川に架かる橋が三ッ目之橋」

「はい、はい。あれでございますな」

「さよう。で、その橋の先で竪川は、横川と十字に交わります」

「なるほど……」

「その交わる手前に、めざす男の住む家がございます」

「ううむ」

坂口は、武者震いをするような声を出した。

「暮れ六ツの鐘が鳴ると、決まって男はその家を出て、横川を橋で渡った先の「だるまや」という酒場に入ります」

「ふむ。そのことは、きのう、お聞きした」

「そうですね。で、酒場を出るのが、酒場が店を閉める四ツ（午後十時）ごろ。その時間ともなると、もはや、この道に人通りもない。しかも男は酔っている。そこを狙うのが最良かと愚考する次第です」

勘兵衛は、具体的な策を示した。

「ふうむ。しかし……。今は、ようよう七ツ（午後四時）ごろか、ずいぶんと時間があるなあ」

やはり、気が逸っているようだ。

「その間の手筈は、整っています。まあ、わたしにまかせなさい。今は、とりあえず、討ち取る場所の選定でございます」

「うむ、うむ、そうであったな」

と話しているうちにも、三ッ目之橋も越え、都一梅の家の前にきた。

勘兵衛は、それを教え、

「ほら、坂口さん。向こう岸の河岸に、男が二人おるのが見えますか」

「ん……。おう、あれか」

「はい。実はあの者たち、先ほどの仁助の子分で、ああして朝から見張っておるのです。そして、師道が家を出て酒場に入れば、仁助のところに知らせにくる手筈になっております」

「おう。なるほど。いや、かたじけない」

勘兵衛は北辻橋を渡って、［だるまや］を教えた。

そして言う。

「坂口さん。橋からこちら、ここまでの間に、いくつか空き地がございましたでしょう」

「あった」

「坂口さんは、そこに潜んで［だるまや］から出てくる師道を待つ。わたしと八次郎は適当な時間に［だるまや］に入って後詰をいたします。ま、もっと細かいことは、仁助のところに戻って詰めましょう」

「あいわかった。いや、なにからなにまで御膳立てをしていただき、まことにかたじけない」

頭を下げた坂口に、

「では、坂口さんが潜む空き地を決めておきましょう」

と勘兵衛は言った。

5

暮れ六ツの鐘が響いて、しばらくののち、小梅師道が都一梅の家を出て「だるまや」に入ったとの知らせが入った。

「むう」

早くも意気込みを見せる坂口に、「瓜の仁助」が言った。

「腹が減っては戦ができぬ、と、申しやしょう。まずは落ち着いて夕飯でも食って、そうですな。五ツ（午後八時）くらいに出かけられても、まだまだ余裕がございましょう」

だが、坂口は心配げに、

「いや、しかし、いつも四ツ（午後十時）ごろまで酒場にいるとはかぎらぬであろう。早くに戻られたら、ことじゃ」

と、言う。

対して仁助は、

「なに。人間の習慣というのは、そうそうは変わらねえ。昨夜は本降りでござんしたが、野郎はやっぱり四ツまでねばり、雨の中を戻っていきやした。また、よしんば、坂口さんの心配があたって、早めに戻っちまったとしましょうか。それはそれで手がございます。なにしろあっしは、岡っ引き稼業、女の家に戻った野郎を、表に呼び出すくらいの力は持っておりやすよ」

「ふうむ。さようか」

そこまで仁助に言われては、坂口としても納得せざるを得なかったようだ。

「と、いうことなら、ちょいと早いが夕飯にしましょう。おい、およし、支度はいいかい」

奥に向かって声をあげると、

「あいよ。整ってるよ」

ぽんと女房の答えが戻ってくると、がらっと襖が開いて、辰蔵ほか、三人の男たちが、それぞれ食膳を抱えて、勘兵衛に八次郎、坂口と仁助の前に食膳を配すると、一礼したのち、また奥へ消えた。

辰蔵以外は、勘兵衛の知らぬ顔だが、すべて仁助の手下《てか》のようだ。

次には、およしが大きな飯びつを抱えて入ってきて、どんと畳に置くと、その横に座り、

「さあ、どんどん食べとくれ。お代わり自由だよ」

と言った。

仁助も言う。

「さあ、まずは腹ごしらえだ。酒もつけたいところだが、大事の前だ。みごとご成敗の暁の祝い酒にとっておきやしょう」

言って、真っ先に箸をとった。

そして言う。

「まあ、食いながら聞いてくだせえ。五ツ（午後八時）の鐘が鳴ったなら、まずは勘兵衛さんと八次郎さんが［だるまや］に向かう。そのあとを、坂口さまとあっしがついていく。というのも、空き地に潜んでいるのを誰かに怪しまれても、あっしなら、御用の筋だと追っ払えるんでね」

隙のない手配りであった。

「それから、野郎の後詰は、勘兵衛さんたちがなさるそうだが、野郎が川に飛び込ま

「だるまや」

ないともかぎらねえ。そいつを逃がさねえためにも、子分を舟に乗せて、近くの河岸に待機させておりやす」

まさに、準備万端、遺漏はない。

「さて、ここからが大切なところだ。坂口さまは、南北の町奉行所に仇討ちの届けを出されたとお聞きしておりやす。それにまちがいはございやせんか」

「まちがいない。江戸に出てきて、いちばんに届けた。また国表の藩庁からの書状も持参しておる」

と、坂口は答えた。

「わかりやした。ええと、今月の月番は南町のほうで、そういたしやすと、無事に仇討ちを果たした場合、普通だと、まっさきに南町奉行所に出頭し、一日か二日は取り調べが終わるまで、大番屋か、小伝馬町の牢屋敷に入らねばならねえんですが、あいにく、ここは本庄で……」

この当時、本庄、深川の町政は本庄奉行が取り仕切っていた。

これはすでに昨日、勘兵衛と仁助の間で話し合ったことだが、その本庄奉行も二人いて、今月の月番は、中坊《なかのぼう》長兵衛という三千五百石の旗本であった。

仁助はきのうのうちに、回向院裏にある奉行小屋に行き、本庄奉行の同心に会って、事の次第を報告し、なにかよい手だてを考えておく、と言っていたものだが、どうやらその手配もつけたらしい。

　仁助は、そのようなことも説明し、

「いやあ、同心の桑田叉左衛門さまも、妻敵討ちと聞いて大いに乗り気になられ、さっそく駿河台の中坊さまの御屋敷にすっ飛んで行かれた。で、戻ってきて言われるには、あいにく、本庄奉行の元に牢はない。そこで、この家を仮牢と認めてもらいやした。そんなわけで、無事に大願成就ののちは、坂口さんには、ここへ泊まってもらわねばならない。ま、そのあとの首尾次第で、本庄奉行の中坊さまが、南町の御奉行さまに話を通していただくという寸法でね。場合によっては大番屋のほうへ身柄を移しての取り調べ、ということになるかもしれねえが、ま、いずれにしても、すぐ無罪釈放となるのはまちがいねえ。まあ、そんなところだ」

　仁助の話が終わらぬうちに、坂口は、茶碗と箸を持ったまま俯いて、

「くっ、くっ、くっ……」

　泣き声を嚙み殺して、涙を流していた。

　そのように、話がうまくまとまると読んでいたわけではないが、勘兵衛も八次郎も、今夜は仁助の家に泊まることになると、園枝に告げて出てきている。

それから一刻半（三時間）ほどものち――。

勘兵衛と八次郎の姿は、［だるまや］の店内にあった。

勘兵衛は、静かに酒を飲んでいるが、八次郎は驚いたことに、また飯を頼んで、そのあとは手持ちぶさたに、茶ばかり飲んでいた。

そろそろ店内の客も少なくなってきたが、

「おい。もう一本つけてくれ」

今夜も、縦縞の袷衣をぞろりと着た小梅師道が、大声で言った。

店の女が新しい銚釐を運びながら、皮肉な口ぶりで言う。

「あんたも気楽でいいねえ。お師匠《つしょ》さんのツケで、毎晩こうして飲めてさあ」

「へん。これはこれで、けっこう気苦労があるんだ」

「ふうん。気苦労ねえ」

そのうち、どんどん客も帰りはじめた。

夜更かしができるのは、無職の、あまり、まっとうではない人種ばかりだ。

江戸の朝は早い。

そのうち、客は勘兵衛たちと師道の三人きりになった。

勘兵衛は小声で八次郎に、

「おい。嘘でもいいから、酒を飲むふりだけでもしろ、婆さんが、こっちを、気にしはじめたようだぞ」

銚釐を傾けて、八次郎の盃に酒を注いだ。

そうこうするうちに――。

表の提灯の火を吹き消して戻ってきた婆さんが、やってきて言う。

「お侍さん。悪いんだけど、そろそろ店じまいの時刻なのさ」

「おう、そうか。じゃあ、勘定を先にすませておこう」

勘兵衛は言って、時間を稼いだ。

その勘定も終わったころ、
師道が、空き樽の席から、ふらりと立ち上がり、

「じゃあ、あしたも、またくらあ」

言って店を出た。

勘兵衛と八次郎も目配せを交わし、あとに続いた。

道は暗闇に閉ざされているが、東の空の半月が、わずかに光を届けていた。

三間（五・四メートル）ほど先を、提灯も持たず、師道が遠ざかっていく。

五間ばかりの距離を保ち、勘兵衛たちはあとを行くが、師道は、それを気にとめるでもない。

しばらくののち――。

前を行く師道の足が止まった。

やにわに行く手に人影が出現したからだ。

大音声《だいおんじょう》が聞こえてきた。

「やあ、そのほう、浜松城下にて菱川道房を名乗り、坂口久栄に不義を通じた者と知ったり。いざ、覚悟せよ」

「え！」

あわてふためくというより、足でもすくんだか、棒立ちになっている男に、

「えい！」

裂帛《れっぱく》の掛け声が響いた次の瞬間、

「ぐえ！」

男は前のめりに、つんのめった。

坂口の竹槍が、見事に決まったのであろう。

次に坂口は、竹槍を捨て小走りに、頽《くずお》れた男に駆け寄りながら脇差を抜き放ち、男

の頸動脈を断ち斬った。夜目にも、血飛沫《しぶき》が噴き上がり、血の匂いが夜気に立ちこめた。

「お見事！」

勘兵衛は、思わず、そう声をかけていた。

すると、仁助が姿を現わし、

「辰蔵、事の次第、上首尾なりと、さっそく奉行小屋の桑田さまに知らせてこい」

「へい」

辰蔵が走り去った。


ここからのちは、後日談だ。

翌朝、まずは八次郎を露月町の町宿に戻した。

そして午後になって、仁助の家に本庄奉行同心の桑田叉十郎がやってきた。

勘兵衛は、桑田とは以前に面識がある。

桑田が言うには、本庄奉行と南町奉行が話し合った結果、その処置については本庄奉行の中坊にまかせるとの結論になり、中坊が回向院裏の奉行小屋で待っている。

そこで、勘兵衛は見届け役として、坂口に付き添った。

そして取り調べがおこなわれたのだが、それは実に、簡単なものだった。

勘兵衛は、口書きをとられておしまいで、中坊から二人してお褒めの言葉まで頂戴して、即座に無罪釈放となった。

ところで、師道の遺骸は、都一梅に引き取りを拒否されている。

それで、小梅村の母親の元に送られたそうだ。

一日——。

勘兵衛は、乗庵の元に事の次第と詫びを告げに行き、坂口が倅の喜太郎と二人、不忍池近くの浜松藩江戸屋敷に入るまでを見送った。

「八次郎」

「はい」

「すまぬがな、おまえ、これから小梅村まで行ってくれぬか」

「はあ、それはかまいませぬが……」

勘兵衛は準備しておいた金包みを、八次郎に渡して、

「竹屋の渡しの船着き場に、茶屋があってなあ」

その茶屋のおそのという女が、小梅師道の母親なのだと明かして、

「いいか。こう言うのだ。小梅師道どのに描いてもろうた屏風の代金だと言って、無

理にも置いてこい。身許を明かすではないぞ」

「ははあ」

困惑した顔になった八次郎だが、

「五両入っておる。元はと言えば俺が、そのおふくろどのを欺《だま》して、師道の住居を突き止めたのだ。このままでは、俺の気がすまぬ。そういうことだから頼む」

「わかりました」

ようやく、八次郎は納得した。

そうして町宿に戻った勘兵衛を、縣小太郎が待っていた。

「どうした」

「はい。実は、日高さまから、この書状を届けよとのことで、こうしてお帰りをお待ちしておりました」

「そうか」

勘兵衛が書状を開くと、そこには──。

徒目付《かちめつけ》四人に自分も加えてもらい、五人で小浜に潜入すること。

そして、すでに紺屋町の借家は、大家に話をつけて留三の名義とし、一年分の家賃を先払いしておいたこと。

その二点が、短く認《したた》められていた。

勘兵衛は、小太郎に尋ねた。

「で、日高さまは、なにかおまえたちに言い残されたか」

「はい。事情ができて、いずことは申しませんでしたが、江戸を出ると。今朝の夜明けを待つように出て行かれました」

「そうか」

ふと見た庭の片隅に、まだ幾輪かの芙蓉の花が、静かに風に揺れていた。

［筆者註］

本稿の江戸地理に関しては、延宝七年［江戸方角安見図］（中央公論美術出版）および、御府内沿革図書の［江戸城下変遷絵図集］（原書房）によりました。

時代小説

二見時代小説文庫

妻敵《めがたき》の槍《やり》　無茶《むちゃ》の勘兵衛《かんべえ》日月録《じつげつろく》15

著者　浅黄《あさぎ》 斑《まだら》

発行所　株式会社 二見書房
東京都千代田区三崎町二－一八－一一
電話　〇三－三五一五－二三一一［営業］
　　　〇三－三五一五－二三一三［編集］
振替　〇〇一七〇－四－二六三九

印刷　株式会社 堀内印刷所
製本　ナショナル製本協同組合

ISBN978－4－576－13024－8
http://www.futami.co.jp/

山峡の城　無茶の勘兵衛日月録

浅黄斑［著］

藩財政を巡る暗闘に翻弄されながらも毅然と生きる父と息子の姿を描く著者渾身の感動的な力作！本格ミステリ作家が長編時代小説を書き下ろし

火蛾《かが》の舞　無茶の勘兵衛日月録2

浅黄斑［著］

越前大野藩で文武両道に頭角を現わし、主君御供番として江戸へ旅立つ勘兵衛だが、江戸での秘命は暗殺だった……。人気シリーズの書き下ろし第２弾！

残月の剣　無茶の勘兵衛日月録3

浅黄斑［著］

浅草の辻で行き倒れの老剣客を助けた「無茶勘」こと落合勘兵衛は、凄絶な藩主後継争いの死闘に巻き込まれていく……。好評の渾身書き下ろし第３弾！

冥暗《めいあん》の辻　無茶の勘兵衛日月録4

浅黄斑［著］

深傷を負い床に臥した勘兵衛。彼の親友の伊波利三は、ある諫言から謹慎処分を受ける身に。暗雲が二人を包み、それはやがて藩全体に広がろうとしていた。

刺客の爪　無茶の勘兵衛日月録5

浅黄斑［著］

邪悪の潮流は越前大野から江戸、大和郡山藩に及び、苦悩する落合勘兵衛を打ちのめすかのように更に悲報が舞い込んだ。大河ビルドンクス・ロマン第５弾

陰謀の径《みち》　無茶の勘兵衛日月録6

浅黄斑［著］

次期大野藩主への贈り物の秘薬に疑惑を持った江戸留守居役松田と勘兵衛はその背景を探る内、迷路の如く張り巡らされた謀略の渦に呑み込まれてゆく……

報復の峠　無茶の勘兵衛日月録7
浅黄斑［著］

越前大野藩に迫る大老酒井忠清を核とする高田藩と福井藩の陰謀、そして勘兵衛を狙う父と子の復讐の刃！正統派教養小説の旗手が贈る激動と感動の第7弾！

惜別の蝶　無茶の勘兵衛日月録8
浅黄斑［著］

越前大野藩を併呑せんと企む大老酒井忠清。事態を憂慮した老中稲葉正則と大目付大岡忠勝が動きだす。藩御耳役・勘兵衛の新たなる闘いが始まった……！

風雲の谺《こだま》　無茶の勘兵衛日月録9
浅黄斑［著］

深化する越前大野藩への謀略。瞬時の油断も許されぬ状況下で、藩御耳役・落合勘兵衛が失踪した！正統派教養小説の旗手が着実な地歩を築く第9弾！

流転の影　無茶の勘兵衛日月録10
浅黄斑［著］

大老酒井忠清への越前大野藩と大和郡山藩の協力密約が成立。勘兵衛は長刀「埋忠明寿」習熟の野稽古の途次、捨子を助けるが、これが事件の発端となって…

月下の蛇　無茶の勘兵衛日月録11
浅黄斑［著］

越前大野藩次期藩主廃嫡の謀略が進むなか、勘兵衛は大目付大岡忠勝の呼び出しを受けた。藩随一の剣の使い手勘兵衛に、大岡はいかなる秘密を語るのか…！

秋蜩《ひぐらし》の宴　無茶の勘兵衛日月録12
浅黄斑［著］

越前大野藩の御耳役・落合勘兵衛は祝言のため三年ぶりの帰国の途に。だが、待ち受けていたのは五人の暗殺者……！苦闘する武士の姿を静謐の筆致で描く！

幻惑の旗　無茶の勘兵衛日月録13

浅黄斑［著］

祝言を挙げ、新妻を伴い江戸へ戻った勘兵衛の束の間の平穏は密偵の一報で急変した。越前大野藩の次期藩主・松平直明を廃嫡せんとする新たな謀略が蠢動しはじめたのだ。

蠱毒《こどく》の針　無茶の勘兵衛日月録14

浅黄斑［著］

越前大野藩の次期後継・松平直明暗殺計画は潰えたはずだが、新たな謀略はすでに進行しつつあった。藩内の不穏を察知した落合勘兵衛は秘密裡に行動を……

北瞑の大地　八丁堀・地蔵橋留書1

浅黄斑［著］

蔵に閉じ込めた犯人はいかにして姿を消したのか？　岡っ引き喜平と同心鈴鹿、その子蘭三郎が密室の謎に迫る！　捕物帳と本格推理の結合を目ざす記念碑的新シリーズ！

はぐれ同心　闇裁き　龍之助江戸草紙

喜安幸夫［著］

時の老中のおとし胤が北町奉行所の同心になった。女壺振りと島帰りを手下に型破りな手法と豪剣で、悪を裁く！　ワルも一目置く人情同心が巨悪に挑む新シリーズ

隠れ刃　はぐれ同心　闇裁き2

喜安幸夫［著］

町人には許されぬ仇討ちに人情同心の龍之助が助っ人。敵の武士は松平定信の家臣、尋常の勝負はできない。〝闇の仇討ち〟の秘策とは？大好評シリーズ第2弾

因果の棺桶　はぐれ同心　闇裁き3

喜安幸夫［著］

死期の近い老母が打った一世一代の大芝居が思わぬ魔手を引き寄せた。天下の松平を向こうにまわし龍之助の剣と知略が冴える！　大好評シリーズ第3弾

老中の迷走 はぐれ同心 闇裁き4
喜安幸夫［著］

百姓代の命がけの直訴を闇に葬ろうとする松平定信の黒い罠！龍之助が策した手助けの成否は？これぞ町方の心意気、天下の老中を相手に弱きを助けて大活躍！

斬り込み はぐれ同心 闇裁き5
喜安幸夫［著］

時の老中の家臣が水茶屋の妓に入れ揚げ、散財しているという。極秘に妓を〃始末〃するべく、老中一派は龍之助に探索を依頼する。武士の情けから龍之助がとった手段とは？

槍突き無宿 はぐれ同心 闇裁き6
喜安幸夫［著］

江戸の町では、槍突きと辻斬り事件が頻発していた。奇妙なことに物盗りの仕業ではない。町衆の合力を得て、謎を追う同心・鬼頭龍之助が知った哀しい真実！

口封じ はぐれ同心 闇裁き7
喜安幸夫［著］

大名や旗本までを巻き込む巨大な抜荷事件の探索を続ける同心・鬼頭龍之助は、自らの〃正体〃に迫り来たる影の存在に気づくが……大人気シリーズ第7弾

強請《ゆすり》の代償 はぐれ同心 闇裁き8
喜安幸夫［著］

悪徳牢屋同心による卑劣きわまる強請事件。被害者かと思われた商家の妾には哀しくもしたたかな女の計算が。悪いのは女、それとも男？ 同心鬼頭龍之助の裁きは⁉

追われ者 はぐれ同心 闇裁き9
喜安幸夫［著］

夜鷹が一刀で斬殺され、次は若い酌婦が犠牲に。犯人の真の標的とは？ 龍之助はその手口から、七年前に起きたある事件に解決の糸口を見出すが……第9弾

夜逃げ若殿 捕物噺 夢千両すご腕始末

聖 龍人［著］

御三卿ゆかりの姫との祝言を前に、江戸下屋敷から逃げ出した稲月千太郎。黒縮緬の羽織に朱鞘の大小、骨董目利きの才と剣の腕で江戸の難事件解決に挑む！

夢の手ほどき 夜逃げ若殿 捕物噺2

聖 龍人［著］

稲月三万五千石の千太郎君、故あって江戸下屋敷を出奔。骨董商・片岡屋に居候して山之宿の弥市親分とともに謎解きの才と秘剣で大活躍！ 大好評シリーズ第2弾

姫さま同心 夜逃げ若殿 捕物噺3

聖 龍人［著］

若殿の許婚・由布姫は邸を抜け出て悪人退治。稲月三万五千石の千太郎君との祝言までの日々を楽しむべく由布姫は江戸の町に出たが事件に巻き込まれた！

妖《あや》かし始末 夜逃げ若殿 捕物噺4

聖 龍人［著］

じゃじゃ馬姫と夜逃げ若殿。許婚どうしが身分を隠してお互いの正体を知らぬまま奇想天外な妖かし事件の謎解きに挑み、意気投合しているうちに…第4弾！

姫は看板娘 夜逃げ若殿 捕物噺5

聖 龍人［著］

じゃじゃ馬姫と名高い由布姫は、お忍びで江戸の町に出て会った高貴な佇まいの侍・千太郎に一目惚れ。探索に協力してなんと水茶屋の茶屋娘に！ シリーズ第5弾

贋若殿の怪 夜逃げ若殿 捕物噺6

聖 龍人［著］

江戸にてお忍び中の三万五千石の若殿・千太郎君の前に現れた、その名を騙る贋者。不敵な贋者の、真の狙いとは!? 許婚の由布姫は果たして…。大人気シリーズ第6弾

花瓶の仇討ち 夜逃げ若殿 捕物噺7

聖 龍人［著］

骨董目利きの才と剣の腕で、弥市親分の捕物を助けて江戸の難事件を解決している千太郎。許婚の由布姫も、事件の謎解きに健気に大胆に協力する！ シリーズ最新刊